白落梅 作品

唐诗风韵

一卷大唐的风华

湖南文艺出版社
HUNAN LITERATURE AND ART PUBLISHING HOUSE

博集天卷
CS-BOOKY

写字寄心，煮茶待客

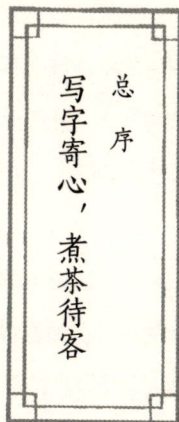

魏晋之风的琴曲，空灵中有一种疏朗，又有几分哀怨，如冬日窗外的细雨，清澄而寒冷，直抵窗前，落于柔软的心中。

这样的雨日，须隔离了行客，掩门清修，亦不要有知心人。一个人，于静室内，焚一炉香，沏一壶茶，消减杂念。

《维摩诘经》云："一切法生灭不住，如幻如电，诸法不相待，乃至一念不住；诸法皆妄见，如梦如焰，如水中月，如镜中像，以妄想生。"

佛只是教人放下，不生妄想执念。却不知，世间烦恼恰若江南绵密的雨，滴落不止。该是有多少修为，方能无视成败劫毁，看淡荣辱悲喜。那些潇洒之言、空空之语，也不过是历经沧桑之后，转而生出的静意，不必羡慕。

我读唐诗觉旷逸，读宋词觉清扬，看众生于世上各有风采。诗词的美妙，如丝竹之音，又如高山江河，温润流转，有慷慨之势，让人与世相忘，草木瓦砾也是言语，亭阁飞檐也见韵致。

想来这一切皆因有情，如同看一出戏，本是茶余饭后消遣之事，可台下的人，入戏太深，竟个个流泪。然世事人情薄浅如尘，擦去便没了痕迹。他们宁愿在别人的故事里，真实地感动，于自己的岁月中，虚幻地活着。

佛经里说缘起缘灭，荒了情意，让人无求无争。诗词里说白首不离，移了心性，令人可生可死。那么多词句，虽是草草写就，却终究百转千回，似秋霜浓雾，迟迟不散。

翻读当年的文字，如墙角未曾绽放的兰芽，似柴门欲开的梅蕊。那般青涩，不经风尘世味，但始终保持一种新意。远观很美，近赏则有雕琢之痕，不够清澈简净。

后来，才学会删繁就简，去浓存淡。知世事山河，不必物物正经，亦难以至善至美。好花不可赏遍，文字不能诉尽，而情意也不可用尽。日子水远山长，自是晴雨交织，苦乐相随。若遇有缘人，樵夫可为友，村妇可作朋，无须刻意安排，但得自然清趣。

琴音瑟瑟，一声声，似在拨弄心弦。几千年前，伯牙奏曲，那弦琴该是触动了钟子期的心，故而有高山流水觅知音的可贵。而文字之妙意，与弦音相同，都是一段心事，几多风景，等候相逢，期待相知。

柳永有词："风流事、平生畅。青春都一饷。忍把浮名，换了浅斟低唱。"他的词，贵在情真，妙在那种落拓之后的洒脱。世上名利功贵纵有千般好，也只是浮烟，你执着即已败了。又或许，人生要从浮沉起落里走出来，才能真的清醒，从容放下。

都说写者有情，读者亦有心。不同之人，历不同的世情，即使读相同的文字，也有不同的感触。有些人，一两句就读到心里去了；有些人，万语千言，亦打动不了其心。

也许，那时的我，恰好与此时的你，心意相通。也许，这时的你，凑巧与彼时的我，灵魂相知。也许，你我缘深，可同看花开花落。也许，你我缘薄，此一生都不会有任何交集。

人间万事，都有机缘。我愿一生清好，在珠帘风影下写几行小字寄心，于廊下堂前煮一壶闲茶待客，不去伤害生灵，也不纠缠于情感，无论晴天雨日，都一样心境，悲还有喜，散还有聚。

当下我拥有的，是清福，还是忧患，亦不去在意，不过是凡人的日子，真实则安好。此生最怕的，是如社燕那般飘荡，行踪难定。唯盼人世深稳，日闲月静，任外面的世界风云变幻，终将是地老天荒。

过日子原该是糊涂的，如此才没有惆怅和遗憾。天下大事，风流人物，乃至王朝的更迭，哪一件不是糊涂地过去？连同光阴时令，山川草木，也不必恩怨分明。糊涂让人另有一种明净豁然，凡事不肯再去相争，纵岁月流淌，仍是静静的，安定不惊。

流年似水，又怎么会一直是三月桃花，韶华胜极？几番峰回路转，今时的我，已是初夏的新荷，或是清秋兰草，心事与从前自是两样。所幸，我始终不曾风华绝代，依旧是谦卑平淡之人。

女子的端正柔顺、通达清丽，让人敬重爱惜。我愿文字落凡尘，亦有一种简约的觉醒，不去感怀太多的世态炎凉。愿人如花草，无论身处何境，都不悲惋哀叹。人世不过经几次风浪，寻常的日子，到底质朴清淡，无碍无忧。

人生得意，盛极一时，所期的还是现世的清静安稳。想当年，母亲亦为佳人，村落里的好山好水，皆不及她的清丽风致；如今却像一株草木，凋落枯萎，又似西风下的那缕斜阳，禁不起消磨。

看尽了人间风景，不知光阴能值几何，如今却晓得珍惜。世上的浮名华贵，纵得到，有一天也要归还，莫如少费些心思。不管经多少动乱，我笔下的文字，乃至世事山河，始终如雪后春阳，简洁安然，寂然无声。

光影洒落，袅袅的茶烟，是山川草木的神韵。我坐于闲窗下，翻读经年的旧文辞章，低眉浅笑，几许清婉，十分安详。

白落梅

目录

世间最美的风景，是山水草木，是诗酒琴茶。清凉夏日，每日闲居梅庄，摘花煮茗，杯盏里，亦是满满的宋唐。

宋词之美，美在清丽淡雅，婉约多情。唐诗之美，则美在潇洒奔放，端然大气。宋词若一位含蓄典雅的佳人，幽居空谷，含兰草气息。唐诗则是一位明净旷达的雅士，隐于世外，怀翠竹风度。

在遥远的春秋时代，有一种诗歌，叫《诗经》。于是有人吟唱："蒹葭苍苍，白露为霜。所谓伊人，在水一方。"后来有了《楚辞》，便有"惟草木之零落兮，恐美人之迟暮"的美好。

再后来，才是盛唐的诗，大宋的词。多少名史古迹、人情物意、山水花鸟，皆落其间。诗词之美，自是风流不尽，妙处难言。

从古至今，千秋万载，就一册唐诗。唐诗是什么？是"只在此山中，云深不知处"的缥缈，是"千山鸟飞绝，万径人踪灭"的寂静，是"相看两不厌，只有敬亭山"的深情，是"行到水穷处，坐看云起时"的闲远，是"晚年唯好静，万事不关心"的淡泊。

普天之下，四海列国，只有一代唐人。他们或在千里莺啼的绿柳江南，看多少楼台烟雨中；或停车枫林，看霜叶红于二月花。是"旧时王谢堂前燕，飞入寻常百姓家"。是"人面不知何处去，桃花依旧笑春风"。他们有"恨不相逢未嫁时"的遗憾，有"悔教夫婿觅封侯"的愁念，有"画眉深浅入时无"的情意，也有"为他人作嫁衣裳"的落寞。

诗词可写景寄情，亦可言志抒怀。诗一如琴，抚琴者常叹知音难求，作诗者亦如是。有些诗，融情于景，简约朴素，为众生所喜。有些诗，阳春白雪，曲高和寡，不为人知。世间万物千景，一花一草，一叶一尘，皆可成为诗料。

唐人杜秋娘说："有花堪折直须折，莫待无花空折枝。"想当年，她凭借一首诗，深受荣恩数十载。纵是后来落魄乡野，美人迟暮，亦当无悔。古来王侯将相，文人墨客，若皆如杜秋娘这般从容洒脱，便生不了那如许的哀怨闲愁，亦不会有那么多的怅然追悔。

大唐盛世，有着旷古未闻的璀璨繁华。每一座城，每一个人，都有一段故事，都是一首诗。朝堂之上，王公子弟，出口成章；寻常乡野，市井凡人，亦知平仄。纵为盛世锦年，也有灾劫风雨，但总能巧妙走过，不轻易扰乱人世，更不能惊动河山。

他们背着诗囊，携带天南地北的尘埃，去往梦里的长安。以为天子脚下，泱泱大国，任何一个角落，都可以诗意栖息。却不知人生沧海，渺渺茫茫，到底知音难寻。

诗仙李白，于长安数载失意潦倒，方遇得与唐玄宗邂逅的机缘。纵有高才雅量，供奉翰林，亦只是博得写诗娱乐之闲职。时间久了，被玄宗疏远，搁浅在诗苑，所耗费的，不过几坛佳酿，几两春风。

诗圣杜甫，为展抱负，客居长安十年，奔走献赋，也仅仅落得一个河西尉的小官。后为避战乱，携家入蜀，得友相助，于浣花溪畔修草堂，过上几年简约朴素的田园生活。其忧国忧民之心不减，怀着"安得广厦千万间，大庇天下寒士俱欢颜"之心。奈何年老多病，飘蓬流转，最后长逝江舟。

多少人叹怨自己不能生长于盛唐，又有多少人至今依旧梦回长安。愿意背着诗袋，于长安市井漂泊，或寄身于某间客栈，或买醉于某家酒肆，或弄墨在某个诗社，又或暂栖于某家无名的茶楼，甚至流连一间赌坊。仿佛离天子近的地方，可以存放梦想，可以诗酒做伴，功名有寄。

人生本无可选择，秦汉有其气势，魏晋有其玄妙，盛唐有其风骨，大宋有其情致。如若可以，我愿做秦汉的香草，魏晋的庭菊，盛唐的牡丹，宋时的瘦梅。却不愿走进凡人堆里，与某个帝王霸者，或诗人词客，有过擦肩。

一卷唐诗，写的是唐朝的风度，唐朝的人物，也是唐朝的故事。简洁精致的诗行，或气象万千，或磅礴大气，或沉郁苍凉，或哀婉缠绵。虽说描写的是唐人的现世，亦是每一个朝代所途经的时光。

他们的一生，与我们没有区别。看春花秋月，阴晴圆缺，经悲欢离合，生老病死。在属于他们的朝代里，追名逐利，过尽情缘。

而后葬于各自的国土，将一生所经之事，所得记忆，埋没于连天荒草，漫漫黄尘。

一生何其漫长，多少时光堆砌而成。一生又何其简短，不过几句诗行。"天地者，万物之逆旅也；光阴者，百代之过客也。"是否心存万千景象，容世态人情，自可不败于岁月，不输于山河。

你曾陪我走过一剪宋朝的时光，今时再伴我看一卷大唐的风华。世间种种际遇，有因果，是缘分。悠悠千古，朝代更迭，兴亡成败，爱恨情仇，都散去无痕。当年的大唐，存于历史某个明媚的角落，无愁念伤远，亦无沧桑悲凉。

"花非花，雾非雾。夜半来，天明去。来如春梦几多时？去似朝云无觅处。"历一场秦汉风烟，听一段魏晋逸事，抄一部隋朝经文，读一首唐诗，临一阕宋词，喝一壶茶，遇一知音，一生恍惚而过。

白落梅

第一卷 ◎ 古调虽自爱，今人多不弹

一卷大唐的风华

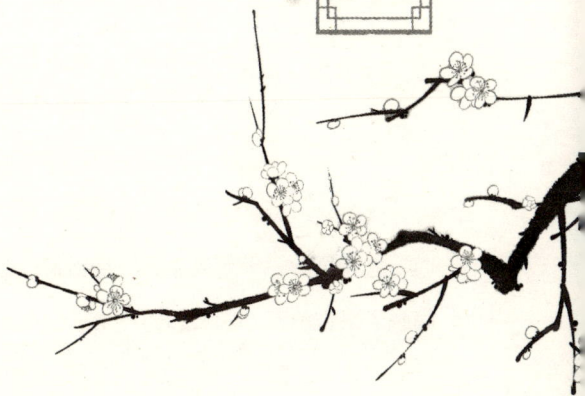

纵年华老去，
与你相看两不厌

《独坐敬亭山》 李白

众鸟高飞尽，孤云独去闲。

相看两不厌，只有敬亭山。

在唐朝，最美的风景，应该是长安。长安，多么美好的一个词，古雅沉静，华丽风流。千百年来，它洗尽历史的风霜尘埃，解脱了兴亡沧桑，依旧那样朴素平宁，大美不言。多少人，为了寻梦，来到这座古老的都城，耗费一生的光阴。

他们仗剑而来，背着书袋，寄身于长安的驿站，闲谈于茶馆，买醉于酒铺。那时的长安，虽鼎盛繁华，却名利交织，钩心斗角。明净的天空，亦是风云莫测，充满了变幻，得意者青云直上，失意者潦倒终生。那些所谓的锦绣前程，帝王霸业，终随江山换代，付诸东流。

李白，盛唐时伟大的浪漫主义诗人，被后人誉为"诗仙"。他一生豪迈奔放，诗意浪漫，年少时便仗剑江湖，辞亲远游，所到之处，皆有他留下的美丽诗篇。他的诗一如他的性情，潇洒不羁，清新飘逸，语言奇特，意境绝妙，又浪漫多情，耐人寻味。

想来李白心中最向往、最不忘的风景，依旧是都城长安。当年他仗剑云游而来，满腹才识却不为所用，穷困落魄于长安酒肆，和市井之徒结交，醉倒于阑珊的古道，不为人知。之后，似漂萍一般，江湖流转，过尽沧桑，却也风流不羁。

河山草木是为知己，诗酒琴剑则为良朋。他说，蜀道之难，难以上青天，一如他渴望的那条仕途之路，迂回曲折，艰险冷峻。梦里的长安，金碧辉煌，有贤明君主，有高雅名士，有风流诗客，也有绝代美人。这一切，明明离得很近，触手可及，却又相隔千里，缥缈难捉。

行路难，归去来，待他归时，轻舟已过万重山。多年的失意

潦倒，和功名的擦肩而过，让李白心灰意冷。若不是玉真公主和
贺知章的称赞，唐玄宗亦不会读到李白的诗赋，更不会对其仰
慕，召其进宫。眼前的天子，倜傥风流，儒雅多情，而李白的诗
仙气度，半生游历的深邃学识，令唐玄宗极为赞赏。

白衣卿相转眼供奉翰林，李白的职务是给皇上写诗文娱乐，
伴其风花雪月。唐玄宗每有宴请或郊游，李白皆侍从，命其即兴
赋诗，风雅无限。他随唐玄宗和杨贵妃共赏牡丹，为贵妃作《清
平调》。"名花倾国两相欢，长得君王带笑看。解释春风无限
恨，沉香亭北倚阑干。"

每日虽陪伴君侧，吟诗作赋终是闲职，无法施展他的抱负。
故李白纵酒自娱，天子呼之不早朝，杨国忠为其捧砚，高力士给
其脱靴。他就是这样一个狂人、诗客，玄宗虽爱慕其才，却始终
不予重用。时间久了，慢慢被玄宗疏远，被搁置在诗苑，用春风
酒水供养。

若不是安史之乱让他再度经历流离漂泊，蒙受屈辱流放，他
这一生恐怕就安于宿命，于天子之侧，做个饮酒赏花的诗人。虽
傲骨不减，洒脱依然，纵有万丈豪情，不羁诗心，也不得自己
做主。

经过长时间的辗转流离，重获自由的李白，背着行囊，带着破碎的梦，离开了长安。他顺长江急流而下，一路上发思古之幽情，赋诗抒怀，聊寄心肠。"弃我去者，昨日之日不可留，乱我心者，今日之日多烦忧。……人生在世不称意，明朝散发弄扁舟。"

李白回到了安徽宣城，这座南方小城，与他今生结下不解之缘。他曾用诗描写他眼中的宣城："江城如画里，山晚望晴空。两水夹明镜，双桥落彩虹。"而这一生，李白多次南下宣城，移步敬亭山，在这里静看云月，闲听松风，放下名利，陶然忘忧。

敬亭山东临宛溪，南俯城闉，烟市风帆，极目如画。往日游山戏水，皆是友朋如云，聚之一处纵酒论诗，逍遥洒然。而今红尘梦醒，曲终人散，再不见往日满座高朋，唯留他白发须翁，孤独寥落。

"众鸟高飞尽，孤云独去闲。相看两不厌，只有敬亭山。"以往登上敬亭山，有鸟雀相伴，白云解意，清风寄情，当下之景却有种万物背离的寂寞和凄凉。天空中几只鸟儿高飞远去，直至无踪，就连一片残余的云彩，亦不肯为之止步，飘然而去，淡然闲远。苍茫天地间，只余他一人，渺小清瘦，和敬亭山相看两不厌，默默生情。

这些年，李白山河踏遍，风景看尽，与他相亲的山水，不胜枚举。而最后相看不厌的，唯有敬亭山。他一生豪兴风发，诗友如云，爱书法，喜剑术，熟道经，落魄过，也风华过。潦倒在长安小巷，也被君主供奉翰林。当铅华洗尽，他亦只是独上扁舟，持着他的剑，以及散乱的诗囊，寻找心中最后一片闲静的风景。

过去的一切，恰如众鸟飞去不复返，又若孤云，没有眷恋。而敬亭山任凭物换星移，自是千古不变，无论你何时归来，它都静静守候于此，不离不弃。人世间得一知己足矣，李白此生，离不开他的酒，他的诗，他的剑，而此时，对他情深不改的，是这敬亭山。

他感受到世间最深重的孤独，全诗皆是景物，无一情语，却句句含情。不知是幸还是不幸，《旧唐书》说，李白饮酒过度，醉死在宣城。更有传说，李白在江上饮酒，见明月皎洁，故捞之，落水而死。传说很美，浪漫也凄凉，无论李白以哪种方式离开，都结束了其富有传奇又坎坷的一生。

相看两不厌，唯有敬亭山。只是，他离开人世之时，忘不了的，还有长安的那轮月，以及古道的杨柳，大唐宫殿檐角下一缕游走的风。唐玄宗病逝于深宫，杨贵妃被赐死在马嵬坡，高力士亦随玄宗，绝食而死，那些与他有过交集的故人，皆随风远去。浩荡的长安城，又还有什么值得他留恋的？一纸功名，一世荣辱，亦付与了流水轻烟，缥缈无痕。

这世间有多少相看两不厌的风景，又有多少相看两不厌的人。漫漫红尘，朝飞暮卷，那些说好了不离不弃的人，到如今，都去了哪里？等到风景看透，是否还会有那么一个人，对你说，纵算全世界辜负你，背叛你，我都会在，与你相看两不厌，陪你地老天荒。

喝过许多酒，写过许多诗，看过许多月，敬亭山还在，而那位诗仙，早已湮没在历史的风尘里，下落不明。

归隐林泉，云深不知何处

《寻隐者不遇》 贾岛

松下问童子，言师采药去。

只在此山中，云深不知处。

炉烟漫漫，袅过新折的垂丝海棠，落在未干的墨迹上，如幻亦如真。"松下问童子，言师采药去。只在此山中，云深不知处。"这应当是我最喜爱的唐诗，简洁干净，又缥缈虚无。此刻，我用小篆临摹了这首诗，千年的故事，仿佛在淡墨中，缓缓洇开。

我又何尝不是穿行在唐宋的人物，在寂寥空山，云深之处，悠然信步。翻读唐诗，只觉世间每条路，都可以通往唐朝，又或者，通往任何你想要前往的地方。人生种种际遇皆有安排，有些人隔了时空风雨，还能心灵相知；有些人同在一个屋檐下，却恍如陌路。

我喜爱魏晋的天空，自由散漫，没有拘束。那是一个风云变幻的朝代，文人雅士厌烦战乱，便寄情山水，清谈玩世，隐于竹林，服食丹药。他们放纵不羁，琴酒作乐，无意朝政，笑傲江湖。或居深山竹屋，或修筑园林别院，远避尘嚣，每日伴狂大醉，游戏人生。

庄子云"不刻意而高，无仁义而修，无功名而治，无江海而闲，不道引而寿，无不忘也，无不有也……圣人之生也天行，其死也物化；静而与阴同德，动而与阳同波；不为福先，不为祸始……其生若浮，其死若休""淡然独与神明居"。

其实隐士高人比入世者更为清醒明澈，他们深知浮生若梦，功名富贵皆过眼云烟，唯有山水草木，安然自居方得久长。尊重自然，回归山水，是对沧桑岁月最好的妥协。人非圣贤，又怎会没有名利之心？尘海深不可测，懂得急流勇退者，方为高士。

"吴王亡身余杭山，越王摆宴姑苏台。"当年越王勾践灭吴，范蠡不顾越王极力挽留，决意隐退，走时还告诫文种要知退求安，说："高鸟已散，良弓将藏，狡兔已死，良犬就烹。越王为人……可共患难，不可共富贵。"文种不听，后被逼杀。而范蠡则携美人西施，隐姓埋名，泛舟五湖，远离是非。

严光不事王侯，耕钓富春山，有人说他不同俗流是为清高，殊不知他只是提前退出名利场，赏人间迤逦春光。陶潜年轻时亦走上仕途之路，误入尘网数十年，悔不当初，便回归田园，采菊东篱，悠然南山。宋时林和靖，性孤高，喜恬淡，终身不仕，隐居孤山，梅妻鹤子，亦是自在逍遥。

自古文人墨客，皆有隐士之心，虽十年寒窗，愿得功名，拜相封侯，香车宝马，但在他们失意落魄，或好梦成真时，内心都会萌生一种远避尘嚣的念想。多少人，于官场宦海浮沉，起落不定，或朝觐于天子脚下，阅览江山，或谪贬边远之地，满腹才学无处可施。他们始终期待有那么一个宁静之所，可以安放灵魂，搁置宿命。

或寻深山幽谷，或居云崖古刹，或择荒村古落，茅檐竹舍，修篱种菊。无论有无知己，皆取出几坛陈年佳酿，素菜粗茶，于山水之畔，寄兴吟唱，不记年月。山中岁月，云深雾浓，采松花酿酒，摘山桃果腹，折野花插瓶，倚竹长啸，对月抚琴。也只有此时，方能忘记世间名利，做简洁的自己。

很想知道，千年前的贾岛，去往深山寻找哪位隐者高人。童子在松下，轻摇蒲扇，烹炉煮茶，远处山峦起伏，云涛叠浪，雾霭深重，没有边际。这株云崖边的老松，怕也有千年，隐于此处，不知人世冷暖，朝代更迭。自古松竹梅为岁寒三友，此间的松，亦如这位隐者，不入世流，安贫乐道。

童子道："师父采药去了。"登山采药，闭关炼丹，似乎也是隐逸生活中不可缺少的一道风景。魏晋重养生，悟道服药，是当时的一种风尚，沿袭至后世朝代，许多帝王将相亦服食丹药，为强身健体，延年益寿。

山中隐者，素日修行打坐，品茗下棋，亦采药养生。他们一生不慕荣华，遁世清修，道行高深者，则是鹤发童颜，往来于天地云海，行踪莫测。故连身边的童子亦不知其去往哪里，只知在此地山林，却因云深缥缈，无处寻踪。

寻隐者不遇，寻者之心，顿觉落寞惆怅。对于这位遁迹云海

的高人，有向往，有羡慕。其实贾岛也是一个有佛缘的诗人。他
年少因家贫而落发为僧，法名无本。后云游，结识孟郊，并受教
于韩愈。再后来还俗参加科举，皆是落榜不第。

贾岛一生苦吟诗，行坐寝食，不忘作诗，推敲词句。他的诗
喜雕琢，多写荒凉枯寂之境，自谓"二句三年得，一吟双泪流。
知音如不赏，归卧故山秋"。他这一生，半僧半俗，内心枯寂，
又放不下功名。居山寺为僧，又念世俗繁华，步入红尘，又割舍
不下禅心。无论是为僧，还是还俗，他皆不够从容彻底。

贾岛的心一直不忘空山禅境，可一入尘网，便无法脱身。纵
算他后来及第，亦不受赏识，朝廷给他一个长江县主簿的小官，
将他贬出长安，放逐于人海烟火。他此一生，唯一不离不弃，让
他至死不渝的，便是他的诗作。"十年磨一剑，霜刃未曾试。今
日把示君，谁有不平事？"他的笔，便是那剑，十年寒窗苦读，
又怎无跃跃欲试之意，无功利之心。

若贾岛出家后，静心修行，不入凡尘堆里，不落名利网，或
许能彻悟菩提，得以超脱。但他不肯枯坐诵经，而是还俗欲走仕
途之路，终落得潦倒一生，禄不养身。死之日，家无一钱，只有
一头病驴、一张古琴，他被葬于某座城郊的山丘上。所在之处，

被云雾遮掩，落叶覆盖，蔼蔼黄尘，寻不到踪迹。

　　韩愈赠诗云："孟郊死葬北邙山，从此风云得暂闲。天恐文章浑断绝，更生贾岛著人间。"人间也就出现过这样一个贾岛，知道他落过发，又还了俗；知道他曾在深山中，找寻一位隐者；知道他有隐逸之心，却不得所愿。若人生可以重来，他是否甘愿在山林某座古刹，诵经听禅，与窗外的松入定，解脱生死。

　　佛度有缘人，他既曾入佛门，又算不算是那有缘之人？其实，无论是悟道修佛，还是在红尘道场，又或者归隐林泉，只要内心安于平淡，遵从自然，便可放下执念，逍遥自居。

　　"看满目兴亡真惨凄，笑吴是何人越是谁？"他是僧者，也是俗人，是诗客，也是隐士，他生于唐朝，死于唐朝。他叫贾岛。

世有知音，高山得遇流水

《弹琴》 刘长卿

泠泠七弦上，静听松风寒。

古调虽自爱，今人多不弹。

月光皎洁，透过窗棂落在弦琴上，有一种静雅古意的美。琴弦因久未拂拭，覆盖了光阴的尘埃。唯有琴案上陶瓷瓶中的植物，不惧四季流转，任何时候都那么绿意欣然。

想起几日前，友人写的一首五言诗《问琴》，清新雅致，情意真切。"焦桐弦未动，已有别离音。何对三春景，戚戚独自吟？"她说自己是枝上的蝉，夏虫不语冰。在我心里，她是一个看似薄凉，却又深情的人。我与她相识十余载，算是缘深，但我们之间情谊始终清淡，不增不减，无惊无扰。

古有伯牙子期高山流水遇知音，一为琴者，一为樵夫，却因弦琴相遇相知，相见恨晚。"伯牙善鼓琴，钟子期善听。伯牙鼓琴，志在高山，钟子期曰：'善哉，峨峨兮若泰山！'志在流水，钟子期曰：'善哉，洋洋兮若江河！'伯牙所念，钟子期必得之。子期死，伯牙谓世再无知音，乃破琴绝弦，终身不复鼓。"

抚琴人若仙，听琴者必受其诱惑，如入竹林幻境，不可自拔。世无知音，一个人冰弦冷韵，古调独弹，亦未尝不可。若遇知音，或失散，或亡故，宁可弦断琴毁，此生再不复弹起。

对琴，我算不得深谙，只是简单的喜好。往日，总喜一袭白衣胜雪，坐于窗下，拨弄琴弦。唯有窗外的几竿修竹，一树梅花，以及偶尔打窗边飘过的云，驻足听过，但也仅仅只是听过。人生寂寞如雪，不知要修炼多少世，才能寻见一个陪你煮茶抚琴、赏花看雨的人。

"尘虑萦心，懒抚七弦绿绮。"碌碌红尘，总是有太多的风雨世事侵扰，又何来多少闲静的时光去抚琴寻雅，求遇知音？今时的我，早已忽略一切凡尘琐事，掩上门扉，不与生人往来。只是，毕竟在红尘，你不扰人，人却扰你。

风日闲静，宁可在阳光下，喝茶禅坐，陶然忘机，也不愿端坐琴台，拨弄清音，调不成调。慢慢地，七弦琴成了一种简单的摆设，安放在岁月的桌案上，偶尔在风清月明时，与你相视，和古人对话。但它亦是梅庄里不可缺少的风景，它只需安静地存在，不言不语，聚散随缘，宠辱不惊。

这张琴是故人所赠，赠琴者却早已下落不明。或许，久居梅庄，它习惯了这里的书香茶韵，早已忘记旧主。而我与它朝暮相处，虽久不弹奏，余音却犹在。文人所爱，不外乎琴棋书画诗酒花，我亦如是。虽素日偏爱饮茶，玩弄古玉，对琴棋总不肯过问，但内心深处对它们的情意，不曾消减。

五言中，写琴的，我当最爱刘长卿的《弹琴》。"泠泠七弦上，静听松风寒。古调虽自爱，今人多不弹。"诗人借咏古调的冷落，不为世人所重视，而抒发其怀才不遇，少有知音的感叹。诗人孤高自赏，不同俗流，他之心性如弦琴古调，没有知音所赏。

　　刘长卿，年少在嵩山读书，才高聪敏，玄宗天宝年间进士。肃宗至德中官监察御史，后为长洲县尉，因事下狱，贬南巴尉。代宗大历中任转运使判官，知淮西、鄂岳转运留后，又被诬再贬睦州司马。其一生两度遭贬，内心悲戚，自是难以言说。故其借诗韵琴音，来传达内心不合时宜的冷落与悲凉。

　　多少文人墨客，怀高才雅量，不为贤君赏识，徜徉于长安殿外，甚至落魄在黄尘古道，一生无人问津，不被重用。冷冷琴韵，清越高绝，若水流石上，风入松下，让人觉得清幽雅致，妙不可言。只是琴音虽美，毕竟是古调，又有几人可以洗尽俗尘，以高雅之幽情，来倾听此旷世清音呢？

　　简洁的诗句，却格调高雅，意境深妙。刘长卿擅长五言诗，号称"五言长城"，其诗风格含蓄温和，清雅洗练，接近王维、孟浩然一派。宋张戒《岁寒堂诗话》说："随州诗韵度不能如韦苏州之高简，意味不能如王摩诘、孟浩然之胜绝，然其笔力豪赡，气格老成……'长城'之目，盖不徒然。"

　　他亦写山水隐逸之诗，禅意空灵，自然清新，凝练精致。"过雨看松色，随山到水源。溪花与禅意，相对亦忘言。"只是禅寂的光阴，灵秀的山水，依旧不改其名利之心。虽两度遭贬，却始终不曾远离官场，隐逸林泉，闲看落花，静听流水。

岳飞有词吟："白首为功名。旧山松竹老，阻归程。欲将心事付瑶琴。知音少，弦断有谁听？"这样一位抗金名将，戎马一生，只为收复旧日河山，等待一位赏识重用他的明主。他将一生最好的光阴，托付给了大宋王朝，却未落得果报。琴弦断，身亦死，他曲高和寡，壮志难酬，只留下一段精忠报国的故事，任由后人评说。

林黛玉在大观园和宝玉相处多年，宝玉竟不知她会抚琴。那日黛玉略觉舒适，翻看琴谱，宝玉不识谱，只认为她读起了天书。黛玉心性孤冷，素日虽喜与众人一起论诗，却从不对人抚琴，包括她视作知音的宝玉。她的琴音，唯潇湘馆的翠竹以及明月清风可闻。

黛玉甚至跟宝玉谈起来琴理，道："琴者，禁也。古人制下，原以治身，涵养性情，抑其淫荡，去其奢侈。若要抚琴，必择静室高斋，或在层楼的上头，在林石的里面，或是山巅上，或是水涯上。再遇着那天地清和的时候，风清月朗，焚香静坐，心不外想，气血和平，才能与神合灵，与道合妙。所以古人说'知音难遇'。若无知音，宁可独对着那清风明月、苍松怪石、野猿老鹤抚弄一番，以寄兴趣，方为不负了这琴。"

黛玉算是大观园里蕙质兰心、天下无双的佳人，她的清冷多情、孤标傲世是宝钗和妙玉所不能及的。那日，妙玉与宝玉走近潇湘馆，听得叮咚之声，便在馆外石上坐下，倾听黛玉边弹边唱。后黛玉弦断，妙玉起身便走，宝玉询问，她只道，日后自知，你也不必多说。

琴弦乃心弦，弦断则冥冥中预示着什么。人世苍茫，飞沙走石，就算琴弦不断，亦没有谁躲得过生死的轮回。万物皆有因果，聚离寻常，悲喜寻常，每一个人生命里都有一张琴，挂在光阴的墙上，等待命运眷顾，等候知音重逢。

故人相忘，
独钓一江寒雪

《江雪》 柳宗元

千山鸟飞绝，万径人踪灭。

孤舟蓑笠翁，独钓寒江雪。

　　晨起时一壶茶，廊前有花，窗下有琴，一切旧物皆是以往所爱，如今竟觉繁复。回首前尘，似乎都是负重前行，看似淡泊世外，却不曾放下过什么。心静之时，总想把曾经典当的东西变卖了去，慢慢地，做一个清贫简净的人，空无一物，与光阴相望相安。

　　已是人间四月，推窗唯见柳绿桃红，那些与春天相关的故事，落于枝头，等着看风景的人去怀想。这锦绣如织的人间，我原是爱的，只是不知何时走到如今的模样。不喜一切喧闹，不喜与人往来，安静在自己的庭院，一书一茶，再无其他。

也许，当初走进凡人堆里，会有许多意想不到的快乐和惊喜。但那时不曾犹豫自己的选择，今时更不会后悔所拥有的一切，一路行来的失意落寞，孤独清冷，是命运所给予的最好安排。人生至简，岁月不争，我要的只是当初简单的自己，不携功名，没有富贵，亦无高才雅量。

幼时课本里读过一首唐诗，甚是喜爱。"千山鸟飞绝，万径人踪灭。孤舟蓑笠翁，独钓寒江雪。"那时不解隐藏在诗里的深意，更不知诗人内心深处的大寂寥与孤独。却能体会到千山暮雪，万物寂灭的苍茫景象。而那位垂钓江雪的渔翁，是寻常的村人百姓，还是辞官隐退的高人？

到底是怎样一场雪，可以覆盖河山大地，让飞鸟绝迹，人踪湮没。唯留一叶孤舟，在茫茫江天，而那位披蓑戴笠的渔翁，垂竿而钓，又能钓到什么？是一江的寒雪，还是无边无际的失落？又或许，他并非在垂钓，只是不惧严寒，于风雪中，不动声色地看着风景。

"姜尚因命守时，直钩钓渭水之鱼，不用香饵之食，离水面三尺，尚自言曰：'负命者上钓来！'"当年姜太公用直钩不挂鱼饵钓鱼，得文王赏识，后帮助文王之子姬发，一同推翻商纣统治，建立了周朝。姜太公的钓竿，看似无意江鱼，实则带着功利，他的鱼竿，令他在白发暮年时，钓得江山。

"云山苍苍，江水泱泱。先生之风，山高水长。"此为范仲淹对严光的赞语。严光，字子陵，少有高名，与东汉光武帝刘秀同游学，亦为好友。后帮刘秀起兵，光武帝即位，乃变名姓，隐身不见。刘秀多次访他，他退居富春山，过着耕种垂钓的隐逸生活。他不顾万乘主，不屈千户侯，做个江畔渔夫，垂钓一江春水，一江闲风，一江诗情。

自古垂钓者，多是隐士高人，当年范蠡功成身退，太湖垂钓，钓的是一江风月闲情。陆游不去封侯，独作江边渔父，词云："镜湖元自属闲人，又何必官家赐与。"天地悠悠，江湖深远，富贵功名不过纸上云烟，哪怕纵横朝野，叱咤风云，又何来久长。仕途从无平坦之路，不如做个山野闲人，不困于浮名，不居于人下，不落于尘海。坐于孤舟之上，可尽赏壮美河山，静看日出日落。

这首《江雪》言简意深，意境幽僻，情调孤寂。像一幅画，虚实相生，动静相宜。诗人起笔则是千山万径之静谧岑寂，飞鸟绝迹，行人踪杳。如此浩瀚无边，万物不生，一尘不染的纯净天地，只有一位孤傲清冷的老翁，在茫茫江雪上垂钓。原本只是一个寻常的渔父，瞬间于寂静中超然物外，那般空灵高远，不与世同。

这位清高孤傲、垂钓江雪的渔父，又何尝不是诗人自己。他坐拥江天，赏景垂钓，远离尘嚣纷扰，甘守荒凉枯寂。柳宗元本少年得志，二十岁进士及第，便被安排到秘书省任校书，之后又任监察御史里行，与官场上层人物交游广泛。永贞革新失败，柳宗元被贬为永州司马，暂居永兴寺。

被贬永州的柳宗元，官场失意，郁闷苦恼。虽遭排挤谪贬，仍孤高自傲，不落俗流。他借着空旷洁净的江天雪景，来歌咏隐于山水之间的渔翁，寄托自己孤冷的情感。他的心情，是断绝的飞鸟，是无踪的人迹，千山万径没有一处是他的归宿。

这首诗是在赞颂渔父，不惧冰雪的傲骨，以及甘隐山林，不入仕途的恬淡之心。然也寄寓了诗人对现世的不满，对政治的失望。《而庵说唐诗》："余谓此诗乃子厚在贬时所作以自寓也。

当此途穷日短，可以归矣，而犹依泊于此，岂为一官所系耶？一官无味如钓寒江之鱼，终亦无所得而已，余岂效此翁者哉！"

江雪如画境，渔人独立，江寒鱼伏，岂钓之可得？诗人经宦海沉浮，自知世态寒凉，人情孤冷，他是孤舟渔父，也是江雪之鱼，无所取，无所得。他本一心为官，力图革新，奈何官场无形无味，如钓寒江之鱼，终是一场空幻。茫茫江天，迷蒙空远，唯一叶孤舟，无岸无渡，无欲无求。

之后，柳宗元在永州生活十年，钻研政治历史，诗文佛学，并游历永州山水，结交名士隐者，写下著名的《永州八记》。欧阳修这样评价他："天于生子厚，禀予独艰哉。超凌骤拔擢，过盛辄伤摧。苦其危虑心，常使鸣心哀。投以空旷地，纵横放天才。山穷与水险，上下极沿洄。故其于文章，出语多崔嵬。"

柳宗元一生好佛，曾云："吾自幼好佛，求其道，积三十年。"他虽出入官场，却也与许多僧侣结交，并对那些亦儒亦佛的生活极力称赞。他以为"佛之道，大而多容，凡有志于物外而耻制于世者，则思入焉"。后贬去永州，寄居寺庙，在山水中寻找慰藉，静心修行，消解苦闷。

柳宗元虽好佛，寄情山水，却不是甘于淡泊之人，追名逐利之心不减，对待人生亦是积极执着。他信佛，也尊崇儒家思想，苏轼赞许他"儒释兼通，道学纯备"。只是这样一个人物，放逐于滔滔宦海，亦不能逆推波澜。又或者，成败于他并不那么重要，他只是参与了那个过程，存在于历史的一张书页中，并不张扬。

自古穷通有定，聚散有时，无论是居官场，观风云变幻，还是作江边渔父，与山水相知，皆有所寄。又或者，半官半隐，更适合文人墨客的生活方式，既可舒展抱负，又可消遣寂寞。

我亦愿作江边垂钓之翁，无孤冷之心，亦无傲骨，只是淡泊世外，不拘于物，不困于情。纵千山鸟飞绝，故人相忘，亦悠然自得，快意平生。

一叶孤舟，载得了多少客愁

《宿建德江》 孟浩然

移舟泊烟渚，日暮客愁新。

野旷天低树，江清月近人。

人生如寄，江海沉波，每个人行走在苍茫无际的尘世间，是主也是客。没有一座城市，或一个小镇，乃至一座村庄，是永远的归宿。哪怕隐居山林，坐拥山水，超脱世外，也依旧离不得俗世烟火。这凡尘，终有一事，或是一人，与你有过交集，并且割舍不下。

择一城终老，遇一人白首，这是多少人穷尽一生想要企及的

风景。年少时，背一个行囊，远离故里，为的是去远方寻梦，亦
为谋生。后来，风尘辗转，历尽炎凉世态，有一处稳妥的归所，
内心却始终不得安定。只因漂泊久了，习惯了散淡清欢，放不下
功利之心，一花一茶的安逸，有时竟让人心生恍惚。

以为自己是主人，而今，又终究想做回过客。已然记不得有
过多少回，一次次孤独地登上漂流的客船，在寻找一个适合自己
的归岸。希望在喜爱的土地上，长成一株树，任阳光透过叶脉洒
落，像走过的细碎流年。如今，我更渴慕做一缕自由的风，无论
飘至何处，去往何地，都无须为谁停留，为谁挂牵。

始终感谢那些曾经陪我同行，又离我而去的人。这些人，曾
带给我欢乐，也带来过灾难，但都已经是过去。遗忘过去，意味
着背叛；对过去念念不忘，又是一种惩罚。今时的我，就算在深
不可测的江湖泛舟，亦可从容赏春花，观秋月。我甚至可以丢下
所有的行囊，仅一壶早春的茶，足以慰风尘。

古时文人爱写送离客居的诗词，他们十年寒窗，白首为功
名，一入尘海，从此漂泊不定。功名路上，无青云直上，纵有，
亦是荣枯有时，不可久长。多年苦读，为赢得功名，封侯拜相，
为自己，也为苍生。其间多少仓皇奔走，冷暖交织，亦唯有自己

懂得。

仕途之路，风餐露宿，或客居驿站、寄宿乡野人家，或寄身孤舟，皆是不定。若遇三五知己，聚集一处，几壶佳酿，各抒凌云之志，论快意平生。仕途的坎坷，官场的浮沉，乃至战场的杀伐，以及人生的不顺意，让他们心意阑珊。既想出入官场，庇护天下苍生，又想归隐林泉，做个闲弄山水之雅士。

之后，便有了依依送别，有了折尽霸陵柳，有了轻舟已过万重山。千里送君，终须一别，人生聚散有时，穷通有定，再相逢不知江山是否易主，而人事又是否如昨。又或许，我们都是过客，将自己寄居在纷扰的人世间，且随宿命编排在不同的朝代。江山鼎盛或没落，又岂是你我可以做主？

暮色迷离，让客居的旅人，心生惆怅孤寂。在千年前的盛唐，有个叫孟浩然的诗人，移舟在烟雾迷蒙的江边留宿。不知他从何处而来，又去往何处，只是暮色下，两岸烟水，无端地牵惹他羁旅漂泊的愁思。

孟浩然生于盛唐，那是个诗人辈出，人才涌动的时代，多少文人墨客，为求功名，背着诗袋，奔赴长安，一展抱负。盛世虽安，却并非所有高才雅量皆被君王赏识。孟浩然早年也曾入世，但仕途不顺，困顿失意，之后便不媚世俗，隐于家乡鹿门山。

四十岁，他似乎厌倦了安逸的山水，又背着诗囊去往长安、洛阳谋取功名，并在吴、越等风流之地漫游。晚年张九龄为荆州长史，招他做幕僚，之后又隐居。他一生本爱山水田园，多生隐逸之心，无奈经不起凡尘诱惑，放不下功名之心，故有了许多羁旅生涯。

孟浩然的诗歌，亦多写山水田园，闲适隐逸，诗风清淡自然，无功利，无尘嚣。虽有羁旅愁思，甚至嫉俗之作，亦属寻常之事。孟浩然的诗虽无王维的清远明净，亦不及他诗境宽阔，却有其独特的造诣，故后世将孟浩然和王维并称"王孟"。

"移舟泊烟渚，日暮客愁新。野旷天低树，江清月近人。"这首诗是诗人漫游吴越之时所作，抒发的是他旅途的愁思。江南晚秋红紫，虽有离愁，却无衰意。日暮江烟，迷离之境，让他心生过客清愁。舟泊江岸，夜幕洗去白日粉尘，本该安静休憩，缓解旅途的疲劳。奈何见众鸟归林，行人返家，独他舟泊江畔，怎能不生怅然之思？

旷野无垠，苍茫寥廓，遥远的天空，低过了近岸的枯树。中天的明月，落于澄澈的江水中，与舟中人那般相近相亲。一个寻常清冷的秋夜，细微的景物，经诗人的笔描摹，瞬间风韵天成，淡而有味。他即景会心，毫无雕饰，妙趣自得，看似笔落山水，实则寄寓内心情思。

"皇皇三十载，书剑两无成。山水寻吴越，风尘厌洛京。"回首前尘，三十余载，书剑无成，本有心奔走长安，求取功名，奈何仕途失意，理想幻灭。今流转于吴越山水，夜泊江边，更添惆怅。这清旷的山水，唯月近亲人，茫然四顾，故园恍若在遥不可及的天边。

皮日休对孟浩然曾有此评价："先生之作遇景入咏，不拘奇抉异，令龌龊束人口者，涵涵然有干霄之兴。若公输氏当巧而不巧者也。北齐美萧悫有'芙蓉露下落，杨柳月中疏'；先生则有'微云淡河汉，疏雨滴梧桐'。乐府美王融有'日霁沙屿明，风动甘泉浊'；先生则有'气蒸云梦泽，波撼岳阳城'。谢朓之诗句精者有'露湿寒塘草，月映清淮流'；先生则有'荷风送香气，竹露滴清响'。此与古人争胜于毫厘也。"

孟浩然此一生的光阴多是隐居鹿门山，他本心性淡泊，爱山

水田园，无奈亦未能免去那一段曲折的仕途之路。"多为山水
乐，频作泛舟行。"他涉水而行，看人世风光，仕途的曲折难
行，怎抵得过他闲隐岁月？寂寞的羁旅生涯，又怎及他与朋友于
农舍共饮几盏浊酒？

"开轩面场圃，把酒话桑麻。"朴素静美的田园风景，闲适
恬淡的农家生活，远胜过京都的繁华。多年的隐居生涯，让他安
于山水之乐，甘于淡泊清远。纵算他有仕途之心，几度辗转，终
是选择归隐。在鹿门山，小酌菊花酒，看日暮烟霞，静静回忆过
往吴越之旅的人情物意。那时，想来已无怅憾，更无哀怨离愁。

此时的我在杭州西子湖畔，低眉写字，时而静赏一桃一柳的
湖光山色。品味明前龙井，书写唐朝风流，自古文人皆随性随
心，我亦在所难免。当年孟浩然舟泊江边，旅途虽生愁念，于风
景中亦生旷远之思。而今我已疏离名利，此心唯寄山水，可泛舟
江湖，可隐逸林泉，亦可漫游人间。

误入桃源，忘记红尘归路

《送崔九》 裴迪

归山深浅去，须尽丘壑美。

莫学武陵人，暂游桃源里。

春去夏至，岁序匆忙，难免令人心生怅惘，但又从容相待。三十过后，归隐之心越发深浓，忽略得失，不计短长，盼着落于红尘，依旧静美端然，洒逸多姿。

晨时读句："若有才华藏于心，岁月从不败美人。"趁风清日静，梳洗打扮，着素裙，绾简约发髻，斜插一枚如意簪，俨然修行的道姑模样。归来山庄，无意精致妆容，亦不涂抹脂粉，铅华洗尽，明澈无尘。

做一个优雅诗性的女子，无论置身何处，皆掩不住散发出的淡泊气韵。无论是《诗经》里在水一方的伊人，还是《楚辞》里杜若兰芝的香草美人，又或是唐宋诗词里的秋水佳人，都不过是人生岁月里的一场戏梦，如烟似幻，厚重又轻薄，深邃又浅显，多情更无情。

世间才有限，世间情有尽。多少人一生争名夺利，往返仕途，到最后也只是白发须翁，不受重用。女子的一生虽是不易，但自身心性端正，亦不必迎合取悦谁。无论是生于寻常小户人家，还是官宦贵族，又或是处乱世凋年，盛岁锦时，皆如此心肠，不卑不亢，不屈不挠。

曾写："空山人去远，回首落梅花。"亦是向往山野林泉，钟情翠竹梅花。今生若隐于梅庄，试水煮茶，拾枝扫花，纵不与世人往来，和一切繁华擦肩，也是甘愿无悔。或云峦深处，或僻远村落，或幽谷花径，都可掩身藏体，只要能够安置灵魂，妥放命运，我自听信安排，不生逆转之心。

隐逸之风，始于秦汉，盛于魏晋，继而流经唐宋明清，无论

哪个朝代，江山或起或落，皆藏隐许多雅士高人。有人先仕而
隐，有人半仕半隐，也有虚隐实官，还有以隐求仕。真正隐于深
山，不为功贵所动的隐士，存世甚少。多少隐者，皆出于无奈，
不被朝廷录用，才华不得施展，心意阑珊，方归去山林，放纵佯
狂，逍遥自乐。

"小隐隐于野，中隐隐于市，大隐隐于朝。"若是将人世风
景看透，自己劈山栽松，修篱种菊，不与人争，虽为小隐，但恬
淡悠远。中隐则是隐于喧闹市井，对往来行客，庸碌凡人，可以
视若无睹。安于自己的小庭深院，淡饭粗茶，陶然忘机。所谓大
隐，却是居于朝堂之上，不惧尘世的污浊与倾轧，不参与钩心斗
角的争斗，对一切人情世态皆大智若愚，淡然处之。

历代隐士，人生境遇不同，归隐方式亦不同。商代的伯夷和
叔齐，耻食周粟，采薇而食，饿死于首阳山。春秋的颜回，"一
箪食，一瓢饮，在陋巷，人不堪其忧，回也不改其乐"。范蠡泛
舟太湖，再不问吴是何人越是谁。宋代的林逋，结庐孤山，终身
不仕，栽梅养鹤，只与高僧往来。更有竹林七贤，浔阳三隐，他
们远避世事，闲隐山林，高情雅致，令人称羡。

自古隐者，心性清远超绝，不入俗流，不与世同。他们闲隐

的背后，总是隐藏了太多不为人知的无奈与落寞。要过尽多少波涛起伏，抵制多少名利诱惑，方能有内心的旷达明净。放下一切，归隐山林田园，需要多大的勇气与魄力。尘世虽苦，然花团锦簇，千红百媚，亦耐人寻味。

多少人看淡红尘，弃官而隐，到最后，又守不住山林的清寂，经不起岁月的消磨，心生迷惘。半仕半隐或虚隐而仕者居多，他们素日隐于山林茅舍，若遇时机，便决然入仕。商周的姜尚，三国的诸葛亮，元末的刘基，皆是如此。

读唐诗，裴迪写给崔九的一首五言绝句，心有感触。"归山深浅去，须尽丘壑美。莫学武陵人，暂游桃源里。"此诗为劝勉之作，裴迪劝崔九既是选择隐居，便要坚定不改，切莫心生两意，入山复出，不甘清苦。全诗语言浅淡，诗风婉转，乃为朋友之间的真心劝慰，动之以情。看似平淡之音，实则情意深浓，心志高远。

崔九即崔兴宗，盛唐诗人，早年常与裴迪还有王维隐居唱和，寄兴山水，逍遥于南山。后出仕为官，官至右补阙，然内心深处终究不喜官场争斗，向往自在山林。对自己的出仕生出悔意，不久便辞官归隐。裴迪为之饯行送别，作诗劝勉，盼其真隐林泉，不改初衷。

看着友人背着诗囊，洒然而去的背影，诗人亦心生羡慕。想当年，他们漫步南山，每日观山游水，闻琴赋诗，茶酒自娱，不问朝政，不记年岁。但后来还是输给了政治抱负，以为在殿堂之上，可以一展抱负，虽不为荣华，却终不甘做庸碌之辈。

与他们结伴同隐的王维，山水诗造诣极高。其诗空灵清新，禅意悠悠，一生亦是半官半隐，奔走于俗世与山林之间。时而于朝野之上，论其政事；时而居山野竹馆，抚琴吟唱。其恬淡幽清之心境，高雅淡远之情操，是多少隐士所不能企及的。尽管他皈依佛门，参禅食素，也没能彻底放下凡尘一切，他似隐非隐，欲断未断。终其一生，又是那样洒脱超逸，放纵自如。

裴迪劝崔兴宗既是选择再隐，当啸傲山水，与一草一木相亲，莫学陶潜笔下的武陵人，到了桃源仙境，仓促出来。入了山林，不必问是秦是汉，只坚定地做一个没有富贵之心，没有离情愁绪的隐士，和清风明月做一世的知交。

诗人看似在劝慰友人，其实何尝不是在自我宽解反思？同为隐士，共有诗情，他又为何不选择终老南山，非要闯入那朝堂之上，为五斗米折腰？山水平远，赏日暮云飞，烟霞之气，回首千古，是非成败，功名利禄，转瞬成空。

是他醒得太早，还是悟得太迟？那一代又一代的隐士，尽随流水春风，感叹别人的命运，过着自己的人生。他们居于山林，无非是仕途失意，情感落寞，行途跌宕，不然又有多少人，不慕繁华世态，一入凡尘，便生了出世之心。

最喜宋人唐庚之诗："山静似太古，日长如小年。馀花犹可醉，好鸟不妨眠。世味门常掩，时光簟已便。梦中频得句，拈笔又忘筌。"想来那深山幽林，没有人烟，如太古之时那般寂静。风静日闲，岁月漫长悠然，不必忧惧流年偷换，也不必尝饮人情冷暖。借着好花好景，恍惚入梦，醒后吟几行诗句，抒一段心情。

若此生有幸，彻底放下尘俗万念，归去山林，定听取这唐人教诲。栽一山的梅，品一世的茶，幽居空谷，淡然遗世。"莫学武陵人，暂游桃源里。"

近乡情更怯，
不敢问来人

《渡汉江》 宋之问

岭外音书断，经冬复历春。

近乡情更怯，不敢问来人。

以往总说，每个人都有两个故乡，一个是生长之地，一个则是心灵栖居之所。如今依然觉得一生有两个故乡，一个是父母所在之处，一个则为自己余生寄身之地。听过这么一句歌词——"原谅我这一生不羁放纵爱自由"，而我便是那个一生愿为灵魂自由，抛弃一切的人。

幼时居住在山水隐僻的村庄，素日里难见生人，偶有挑着担子走街串巷的贩夫，有辗转天涯的梨园戏子。那时，喜欢聚集在大人身旁，静听他们言说村庄之外的辽阔世界。堂前的燕子，亦在叽喳欢跃，仿佛最美的风景，真的在远方。

父亲虽是乡村医生，每年亦会有一两次机遇去省城，甚至更远的地方采购药材。每次归来，洗去长途跋涉的风尘，坐于堂前，会给我们讲述外面的奇闻趣事。母亲用碗盏泡茶，虽不精致，父亲却爱极了这样的简洁。月光透过檐角洒落，只闻得犬吠之声，幽巷里偶有行人走过，继而悄无声息。

父亲说，没有兵刃纷争，没有功利蛊惑的村庄，才是人间净土。这里的繁忙也是闲静，清贫亦可慷慨，他宁可一生做个乡野村夫，行医救人，也不愿步入仕途，或成了商贩。而我喜爱坐在木楼上，看着游走的云，往返于天南地北的燕子，期待有一天可以走出村庄，寻找梦里的风景，去茶栈品一壶茶，去酒铺喝一坛酒，与某个素不相识的人结下一段缘分。

多年后，我如愿以偿走出小小村庄，来到山水灵秀的江南。再历数载飘蓬辗转，遍尝冷暖悲欢，方有了当下的安稳现世，清雅梅庄。而旧时的村庄，那片故土，成了梦中的想象，是我再也回不去的原乡。为了找寻灵魂的归依，我亦付出了深沉的代价，但人世莫失莫忘，一切都过去了，今时的悠闲洒然，自当感恩。

"近乡情更怯，不敢问来人。"这些年，往来奔波，每逢踏上归乡的旅途，内心总是惶恐不安，深有近乡情更怯之感。那时年少，初入江湖，日夜寒窗孤影，碎银难取，功名遥不可及。归时怕人询问，掩藏落魄，心有惶恐。纵算今时小有功贵，有属于自己的府邸宅院，仍是近乡情怯，不改当年。

这是浪子的心情，任何时候皆有不安，更何况我为寻常女子，虽沉静婉约，到底寄人篱下，漂泊无主。父母安在，尚有栖息之所，哪一日父母离去，我依旧是漂萍，连故乡都没有了。如若可以，我愿将当下费尽十载取得的功名去交换从前的平淡。做个凡妇，着素布裙钗，听寻常人家屋檐上的喜鹊叫声，看门前的老树又抽新芽。

这首《渡汉江》，是当年宋之问从岭南被贬之所逃亡归来，途经汉江时所作。他亦是浪子，为赴功名，远离故土，宦海浮沉，得不到家里的书信。此番天涯路上，流亡之身，携着风尘，更是近乡情怯，遇见旧人，亦不敢询问家乡的消息。真是"明日隔山岳，世事两茫茫"。

内心明明思乡，临近故里，又彷徨怅然。遭贬岭南，落魄蛮荒之地，本就悲苦，奈何与家人音信隔绝，存亡未卜。这段与世隔绝的流亡岁月，沉闷不堪，悲痛难挨。想以往功成名就，于武皇朝政春风得意，香车宝马，佳人如云，如今却沦落尘埃，尝尽屈辱。人在失意时，最为思念的，是故园的草木，是梁间的燕子，更是堂前的至亲。

宋之问，初唐诗人，无显赫的门第家世，然才思聪敏，生得仪表堂堂。上元二年（675年），宋之问进士及第，远离家乡，踏上了仕途之路。那时，武后实握朝政，其选拔人才不拘一格，宋之问以才名，被召分直内文学馆。后武后称帝，改国号为周，而宋之问得武皇恩宠，跻身于五品学士。

武皇雅好文辞乐章，宋之问文采斐然，极力写一些粉饰太平的锦词丽句，媚附取宠。武皇的宠臣张易之、张昌宗兄弟，亦爱其雅才风致，宋之问则放下文人清高姿态，迎合张氏兄弟。他甚至写艳诗献给武皇，期待与她风花雪月。

神龙元年（705年）正月，宰相张柬之与太子典膳郎王同皎等逼武皇退位，诛杀二张，迎立唐中宗，宋之问与杜审言等友皆遭贬谪。山河动荡，荣辱无常，令宋之问感慨万千，昨日还在宫廷里宴乐优游，受尽恩宠，今时却是冷落天涯，无人问津。

他不甘被命运放逐，故逃归洛阳，渡汉江时，写下"近乡情更怯，不敢问来人"。宋之问于政治上，算不得有所作为，无足称道，品行亦不端正，颇受讥讽。然他是初唐知名的诗客，诗情才华令人称赞。

一首简单的五言绝句，却藏隐深邃的情感。人生的变故，对故乡亲人的思念，以及内心的茫然惆怅，皆落于纸上。文辞自然平淡，寄寓深刻，言语婉转，耐人追思。这样一首唐诗，短短数字，却流转千年，与后人心意相通。

迢迢汉江，无可渡之舟，亦无可渡之人。他本殿前学士，受天子恩宠，出入侍从，至高尊荣。而今逃亡路上，凄惶哀哀，远近炊烟人家，竟无他隐身之所。他的仕途，亦随了滔滔江水，一去不复返。曾经沧海，今日桑田，天地间有成有败，自古江山兴废帝王都做不得主，更何况他一柔弱文人？

唐玄宗李隆基即位后，宋之问被赐死于徙所，结束他起伏不定的人生孤旅。他亦只是万千行人里的一个，没有显赫家世，有幸登临官殿，自是步步为营，不可疏忽。天数世运，皆有机缘，放下爱恨贪痴，乘一叶孤舟，又将驶向哪里？

都说落叶归根，人若飘尘，本无根无蒂，心之所往处，便是归宿。谁也不知道，最后的故乡会在何处，是在安稳的当下，还是在未知的天涯。而我那所谓的故乡，今生亦不知还能往返几次。

斜阳陌上，那个背着行囊，踽踽独行的，是你，也是我。历史的痕迹，早已无影踪，每个人，最后只剩下孤单的自己。来无处来，去无处去，于这世间，都是过客。

第二卷◎千里江南，多少楼台烟雨中

一卷大唐的风华

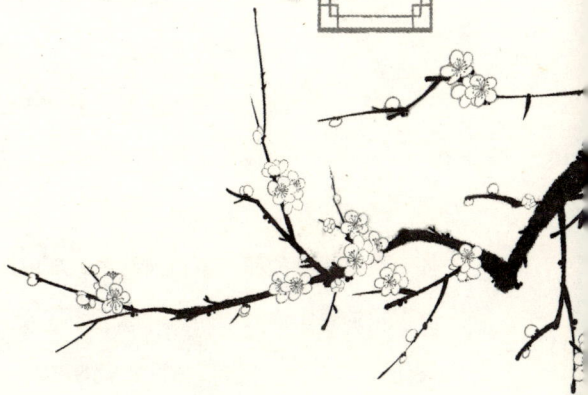

千里江南，多少楼台烟雨中

《江南春》 杜牧

千里莺啼绿映红，水村山郭酒旗风。

南朝四百八十寺，多少楼台烟雨中。

江南的春雨，柔情中带着愁怨，怅然间携着远思。雨日的梅庄，更是庭静门深，素日没有生人来访，雨天连鸟雀也无声息。庭院里的草木清润洁净，叶脉上亦是纤尘不染，花事烂漫鲜妍，又简静内敛，不肯轻易惊扰它们的主人。

室内茶烟漫漫，袅至庭前檐下，与窗外的烟雨风景相看，只觉岁月安定，物我清好。古往今来天下世界，都是这样的雨，没有死生成败，亦无沧桑兴亡。此时若是贤臣良相，诗人词客，也只安于一扇幽窗下，贪恋这样一盏新茶。

幼时对雨就生了爱意，门庭的新竹，墙院的青苔，悠长的小巷，皆因烟雨，让我爱之不尽。后来在唐诗宋词里，邂逅了几场江南的春雨，更觉妙意无言。雨日里，百姓人家可以暂且荒耕废织，邻舍乡亲聚于廊下堂前，喝茶闲聊。世上富贵荣华，清苦忧患，也只是一场下过的春雨，洒落悠闲，没有不好。

唐人杜牧有诗："千里莺啼绿映红，水村山郭酒旗风。南朝四百八十寺，多少楼台烟雨中。"我爱千里江南莺歌燕舞的迤逦姿态，也爱隐于烟雨中亭台楼阁的明丽深邃。梦里江南，风光无际，山重水复，多少村庄城郭掩映在日月山川里。而香烟不绝的古刹庙堂，在迷蒙的丝雨中，若有若无地诉说它们繁盛的从前。

千年只是刹那，每一瞬光阴，恍若旧识，却又那般不同。王朝更迭，多少故事，恰似流水轻烟，草草过去，难有安排。千年之前，江南一片深红浅翠，喜乐庄严。千年之后，江南依旧明丽静好，江山多娇。那些流经百代的诗句，也不过是前世和今生的距离。

　　杜牧生于晚唐时期，虽未曾目睹盛唐的繁华，一生也算平坦安顺，没有跌宕。他有显赫的家世，宰相杜佑之孙，杜从郁之子。唐文宗大和二年（828年），杜牧二十六岁中进士，授弘文馆校书郎。

　　杜牧才华过人，诗文显著，诗歌以七言绝句著称。其人称"小杜"，以别于杜甫"大杜"，与李商隐并称"小李杜"。杜牧写景抒情的绝句，韵律优美，意境深远，隽永绵长。

　　杜牧的人生，一如他的诗句，清丽含蓄，潇洒出奇。他二十三岁作《阿房宫赋》，二十五岁写下了长篇五言古诗《感怀诗》。他不仅诗情得意，仕途也是平顺，为官时借着职务清闲，宴游山水，凭吊古迹，写下许多风流华美、疏朗明净的诗章。暮年，他整修了祖上的樊川别墅，闲暇时在此以文会友，亦算是称心如意。那时的杜牧，打长安而来，看惯了帝都的繁华，仍被江南的春风春雨所惊艳。虽有香车宝马，侍从相随，却仍存江湖之气，倦客之心。人生在世，有所爱，亦有所寄，将一颗素心托于山水草木，或付于诗文辞章。

　　诗客眼里的万物，皆有灵性，皆是情深。江南千里莺啼的美妙风光，令其心悦，而烟雨迷蒙的亭台楼阁，亦让他想起当年南朝事佛的鼎盛。那么多帝王信奉佛教，虽存淡泊清远之风，却到底误国伤民。千古繁华，浩荡江山，如同一场幻梦，到头来，不曾修得今生善缘，亦无来世果报。

多少僧众随着古刹山寺那幽幽不绝的香火，最后皆荒废在流转的王朝里。只余下冷清的庙宇亭阁，或聚或散坐落在春风烟雨中，不问过往，不知将来。人之一生，穷通难定，吉祸未卜，江山亦如月圆月缺，兴衰成败，不该生出悲意。

有人说，这是一首讽刺诗，借古讽今，讽谏唐王朝统治者大兴土木滥修佛寺，会造成国力衰弱，民生凋敝。在我眼中，却看到诗人思旧念远，淡泊超然之情怀。杜牧虽有忧国忧民之心，委婉地劝诫统治者，不可过于沉迷佛教，另一方面却对江南风物，山寺楼台，流连忘返。

有诗云："秋山春雨闲吟处，倚遍江南寺寺楼。"杜牧在江南时，也常闲游山庙，与僧侣结交，共聚庙堂，焚香煮茗，听经坐禅。他的诗句虽无隐逸之风，亦不参禅悟道，却有一种旷远之思，明净洒然。

杜牧的《江南春》，千百年来享有盛誉，绝不是因为隐藏在诗背后的讥讽之意，而是古往今来，文人墨客对江南风光的无尽向往。其情其心，融入山水风物，深邃迷离，好似天女散花，不着痕迹。诗者有心，读者亦有意，捧读诗文，仿佛随他去了一次江南，看罢绚烂庄严的花事，又邂逅一场温柔的烟雨。

世间的美，无论是描景叙情，还是参禅避世，于诗词里都是有的。但一切相知相遇，皆需机缘，我与诗词的机缘无从说起，却心意相通。年少时喜词，婉转清丽，更能惊动人心，后又觉得词境到底窄了些，不及诗简净直白。而诗词中，亦有不喜的，一如生活，删繁就简，便好。

那时年少，多愁多思，感花伤情，见雨惆怅。而今倒是沉淀下来，只觉万物存在，皆合情合理，浮沉起落，离合悲欢，亦属寻常。再不肯为一首诗，或一阕词，神魂飞渡，情意沉陷，不可自拔。以往的忧虑、惊惧，到如今薄弱如风，让人从容以对。恍若端坐在蒲团上看经，虽参不透禅机，却知其意境。

帝都王气，盛世繁华，随着那场江南的杏花烟雨，化作暮霭炊烟。人间的喜乐和灾难，就在当下，而我们与唐宋人物一样，落在风景里。待浮花浪蕊都尽，世上的一切，好与不好，终归平静。

王谢堂前燕，飞入寻常百姓家

《乌衣巷》　刘禹锡

朱雀桥边野草花，乌衣巷口夕阳斜。

旧时王谢堂前燕，飞入寻常百姓家。

《牡丹亭》里杜丽娘说，不到园林，怎知春色如许？她游春，不过是踏出闺阁，转过曲径通幽的长廊，便可阅尽姹紫嫣红的春光。但春色无私，不论你处繁城闹市，还是居小镇乡野，人间花木皆无遮掩，只是游春赏景的人心事各有不同。

昨日小院墙角下，采得一束野花，细碎的白色，不知名，插在素净的陶瓷瓶里，简约美好。案几上摆放一茶一花，再无须任何饰物装点。人生百年，朝飞夕走，匆匆若梦，宁愿守着当下安稳的生活，静看光阴的美，也不愿踏遍山河，追问历史的痕迹，去背负岁月的沧桑。

想当年，唐人刘禹锡去了金陵古都的乌衣巷，写下了"旧时王谢堂前燕，飞入寻常百姓家"的千古名句。他之前，乃至唐之后，宋元明清，许多人都去了乌衣巷，在野花残照的一片废墟里，找寻当年王谢豪门世族的鼎盛繁华。他们是去凭吊，去怀古，去感叹人生沧桑多变，世事飘忽无常。

乌衣巷只是一条寻常的江南小巷，幽静窄小，古朴悠长。只因这条古巷曾居住过王、谢两个显赫的家族。王导辅佐创立了有百年历史的东晋王朝，而谢安则指挥淝水之战，以少胜多，打败苻秦百万大军。那时的乌衣巷，成了贵族士大夫的聚集地，有着空前绝后的旷古繁华。

王谢府邸，高门深院，香车宝马，白日里画檐如云，夜里灯花若雨。从前燕子飞来，总在王谢贵族的宅院里筑巢，与他们共赏春风秋月。如今燕子挪窝，飞入了寻常百姓人家，看着似曾相识的风景，又是否会心生悲凉？旧时的亭台楼阁，门窗檐楣荡然无存，而王谢世族的风流人物，如今安在？

飞红落尽，洗去铅华，六朝的金粉，秦淮的艳色，亦随着那
滔滔流逝的秦淮河水，不可逆转。乌衣长巷，朱雀桥边，早已衰
草横生，过往的富丽庄严，成了残照里的风景，不复从前。唯有
燕子年年如旧，执意往返，无论是侯门大户，还是百姓低檐，它
皆为平凡的过客，寄身庭前，荣辱不惊，聚散无心。

不知道那些划桨而来的游人商旅，于秦淮河里还能打捞到什
么。一部破旧的残卷？还是某个秦淮歌伎遗落的金钗？那些打
马而过的文人墨客，于乌衣长巷又能找寻到什么？是王谢家族
泼洒的诗风墨迹，还是晋时留存的断垣残瓦？往昔的繁华，已
是灰飞烟灭，只有老树野草，斜阳昏鸦，还在这里追忆当年的
主人。

从此，乌衣巷不再是一条寻常的江南小巷，这里的一砖一
石，一草一尘，都有故事。它见证了金陵的兴亡，看尽古今变
幻，它和这里往来的燕子，都被历代文人写进了历史，背负着沉
重的使命，刻下抹之不去的印痕。它承载了数百年无与伦比的繁
华，亦不忘岁月流转而落下的悲壮苍凉。

灯火尽，笙歌冷，六朝的金粉与风流，仿佛只能存留在千年
的梦里。这是一座金碧辉煌的都城，也是一座多灾多难的城。

这座城有过王谢贵族的高府华第，也经历过连绵不息的硝烟战
火。这座城有过流光溢彩，雍容华贵，也有过颓废荒败，满目
疮痍。

它可以是皇城，也可以是废墟，历史其实只是一个影子，我
们所看到的，并非当年真实的模样。自古江山更改，盛极而衰，
新旧交替，亦只是寻常。人世荣华，如花开花落，无论经历多少
兴亡变故，百姓人家依然。

经受过隋唐烽火的金陵古都，并没有消沉下去。后来朱元璋
来了，他收复残破山河，重修城墙宫殿。再后来建文帝在这里下
落不明，而明成祖朱棣风云再起，在北京修筑紫禁城，再不过问
金陵往事。

偌大的金陵城，好似一盘散落的残局，无人收拾。但这座落
败的城池，仿佛在一夜之间又恢复了昔日的容颜。秦淮河岸，人
流如织，多少达官显贵、文人墨客，纷至沓来。楼台水榭、秦
淮画舫，烟火不绝。当年朱雀桥边的野草，乌衣巷口的斜阳，
已然淡入记忆，只余下风流名士、名媛歌伎，推杯问盏，纸醉
金迷。

当年杜牧写下："商女不知亡国恨，隔江犹唱后庭花。"他不知，若干年后，这座金粉之都是一些有气节的烟花女子成了主角。秦淮八艳虽是风尘女子，沦落青楼，但她们的气节风骨不输男儿。尽管她们都曾惊艳于秦淮河畔，然纵有万种风情，也都化作漫漫尘烟，一缕香魂，无处可寄。

后来，荒废了千年的乌衣巷被重建，衰败的王谢家族的府邸也在修复，只是隔了风雨时空，还能重回当年的模样吗？旧时王谢堂前的燕子，也经历了数代生死兴替，又如何能够记起过往的繁盛。其实，无论修不修筑，乌衣巷都在那里，王谢风流依旧，只是不见觥筹交错，不闻丝竹笙歌。

多少人携着天南地北的尘土，纷纷而来，不为秦淮歌伎的艳情雅意，也不为六朝古都的王者之气，只为在乌衣巷口徘徊。而徘徊不去的，不仅是秦淮的过客，还有梁间的燕子，以及刘禹锡这首吟唱了千年的诗章。

"王谢堂前双燕子，乌衣巷口曾相识。"你看江山无恙，百姓人家也安稳，当下的一切，都是好的。你若不争，万物纷纭亦将不扰；你若有碍，便会生出千丝万缕的烦恼。纵是处乱世，亦可寻桃源之境，安家落户，桑竹鸡犬，男耕女织，日子井然有序，端正简净。

抚晋时风，看唐朝雨，品宋代茶，赏明清花。我亦不过寄居在光阴的檐下，掩门静坐，唯见花影日色。虽处红尘，却如世外，千古悠悠，无历史，无兴亡，无往来，也无悲喜。

草木无情，怎管六朝沧桑变迁

《台城》　韦庄

江雨霏霏江草齐，六朝如梦鸟空啼。

无情最是台城柳，依旧烟笼十里堤。

　　春雨不绝，整座庭园的花木以及屋檐廊道、小桥石径，都湿漉漉的。从午后到黄昏，再从黄昏至夜晚，焚了几炷香，喝了几壶茶，好时光就这样消磨了。以往总不觉光阴珍贵，独自楼台听雨，直至天明亦不肯休。或思绪万千，又或什么也不想，只静坐，也不是修禅。细雨如丝，清冷中带着柔情，迷蒙中又带着感伤。

老旧的院墙上斜挂着一枝海棠，红紫娇媚，如梦如幻，我与它年年春日相见，却又恍若新欢。也如同这烟雨霏霏的江南，梦里早已见过千百回，可任何时候，都如初见。以往的我，喜欢怀古追今，去往名胜古迹，看山河万顷，亭台楼榭，感叹历史兴亡沧桑。后来，掩上门，只活在当下，一壶茶便可以解脱一切聚散悲喜。

"江雨霏霏江草齐，六朝如梦鸟空啼。无情最是台城柳，依旧烟笼十里堤。"夜读韦庄的《台城》，又随他一同去了金陵，在寒春三月，携着绵密如丝的细雨，于烟笼雾罩中始终看不清这座六朝古都的容颜。这座城早已失去了古都的王气和风韵，多少追欢逐乐的王者，亦早已成了历史上来去匆匆的过客。

曾经繁华壮丽的台城，被一场温柔的春雨，淹没了它的霸气，连同六朝旧事，也成了一场金陵春梦，说醒就醒。多少诗人词客来台城凭吊，六朝如梦，万物皆空。无情的是台城的柳，不管人事兴衰，不问朝代更迭，更不在意过客落下的怅然与感伤。它依旧在烟雾迷蒙的十里长堤，纤姿摇曳，曼妙动人。

这座城本就是花柳繁华地，温柔富贵乡。纵算山河颠覆，草木衰败，任何时候都弥漫着无法驱散的脂粉气。当年王谢堂前的

燕子，飞入百姓人家，秦楼歌伎，亦成了民间凡妇。但我们始终
无法忘记，这座多灾多难的金粉之城曾经有过的风雅和骨气。一
树杨柳，一枝桃花，都有其不可言说的悲悯和故事。

韦庄说细柳无情，不解沧桑；杜牧说商女无心，不知兴亡。
当年陈后主长期沉迷于酒乐生活，视国政为儿戏，最终丢了江
山。陈朝虽亡，靡靡之音却流传下来，故让杜牧生出讥讽之心。
他们不知道，草木有情，而许多秦淮歌女，比男儿更有气节。

端平北使王楫有诗："到处江山是战场，淮民依旧说耕桑。
梅花不识兴亡恨，犹向东风笑夕阳。"仿佛来过金陵的文人墨
客，乃至英雄霸者，看着历史都城的沧桑变更，江山换主，总要
怪怨草木无情。却不知，自古山河帝业，皆与天命运数相关，而
草木不过是无辜的看客。草木有幸生长在古都，看尽了一代江山
鼎盛繁华，又不幸参与了杀伐战乱，历经浩荡硝烟。

当年阮大铖强娶李香君，而她则决心等待侯方域，誓死不
从，头撞石柱，血溅桃花扇。原来美人不只是会流泪，美人亦会
有流血的气节。那时的侯方域为求自保，不知逃亡去了何处，又
怎敢为这女子重返金陵，承担他们的爱情。那枝如血的桃花，那
柄带血的折扇，难道不解兴亡？

南宋诗人谢枋得说："台城乃梁武帝馁死之地。国亡主灭，陵谷变迁，人物换世，唯草木无情，只如前日。"只是，诗人笔下的无情之柳，还是梁朝所种的吗？纵算是，那漫天纷飞的烟雨，又来自哪个朝代，看过了多少悲欢故事？

诗人在烟雾萦绕的台城，流露出浓郁的感伤情绪。他看似在凭吊南朝史迹，实则在忧心岌岌可危的唐王朝。千古人事命运相同，多少璀璨华年，繁盛王朝，终有一日会走向覆亡。

但一切结束，意味着新的开始，历史也是一出戏，锣鼓喧天地开幕，灯火阑珊地散场。我们连草木都不及，它们至少可以年深日久，伴随成败。而我们只有百年光阴，于草木而言，不过是几度开谢，几场轮回。

韦庄是诗人，也是词客。他出身京兆韦氏东眷逍遥公房，为文昌右相韦待价七世孙、苏州刺史韦应物四世孙。至韦庄时，家族已衰败没落。他一生的经历分为前后两期，前期经战乱流亡，奔走各地，风餐露宿。又几番长安应试落榜，乾宁元年（894年），年近六十的韦庄终于得中进士，被朝廷任命为"草诏"的校书郎，开始了他的仕途生涯。

天祐四年（907年）四月，唐王朝覆灭，哀帝被迫让出皇位
给朱全忠，建国号梁。诗人不仅经历王朝的改换，亦从以往的工
诗，转向填词。韦庄的诗以伤时感旧、怀古追今为主，情调凄
婉苍凉，耐人深思。韦庄的词则更多冶游之乐，离情别绪，词
风清丽，朴实直白。他与温庭筠齐名，同为"花间派"，并称
"温韦"。

最喜韦庄一首《菩萨蛮》："人人尽说江南好，游人只合江
南老。春水碧于天，画船听雨眠。垆边人似月，皓腕凝霜雪。未
老莫还乡，还乡须断肠。"戏游江南，画船听雨，如此良辰美
景，不禁思念起那面如皎月，肌肤胜雪的佳人。江南虽好，但他
不过是一位远避战乱的过客，功名未得，终是落魄。

韦庄的闺情词亦是清绝美艳，词音若人语，风流婉转。王国
维在《人间词话》中评价他说："端己词情深语秀，虽规模不及
后主、正中，要在飞卿之上。观昔人颜、谢优劣论可知矣。"

有时在想，那些经历过朝代更替的历史人物，是幸还是不
幸。虽经乱世风云，流亡徙转，却又是王朝的见证者。无论是哪
个朝代，居盛世或乱世，皆是一样的人间岁月，稳妥中有流离，
而漂泊中也有安定。平民百姓，良将贤臣，又有何区别。

　　韦庄此一生，徜徉于诗风，又徘徊在词雨，他也只是历史中一个渺小的人物，记得的人又有多少。"不知魂已断，空有梦相随。除却天边月，没人知。"秦淮画舫还在，桨声灯影依稀，仿佛看到一位苍老的诗客，还有一个寂寞的伶人，不知和谁在解说弹唱着六朝兴亡。

　　窗外的烟雨，若心头的哀伤，萦绕不去。其实这一切不过是诗人的感叹，南朝旧迹，晚唐风云，又与我有何相干。且把惆怅还给古人，把故事还给岁月，把山水还给天地。趁韶华，莫辜负。

人面何处，桃花依旧笑春风

《题都城南庄》　崔护

去年今日此门中，人面桃花相映红。

人面不知何处去，桃花依旧笑春风。

春日里除了赏花煮茶，似乎别无他事。我本闲人，纵是天塌地陷，河山倾倒，于我都不过是打檐角飘过的风，没有惊扰。谁曾说："人生无大事，唯生死系之。"那些以为过不去的灾劫，最后皆会雨过晴天，一丝痕迹都没有。花开花谢，岁序安然，历史的沧桑，人事的更替，皆消散在行走的光阴里。

春风无主，桃李不言，世人眼中不经意的风景，成了我的文

情诗料。草木多灵亦多情，胜过世间虚盟空誓，我宁可将时光虚
度在一盏茶中，也不愿去经历一段尘缘。那些与桃花相关的情
事，似乎都是别人的，而我则是那，闻风听雨的看花人，与他
们，不曾有过擦肩。

听说，她有一个平凡又美丽的名字，叫绛娘。又听说，她居
住在城南郊外一户茅舍柴门里，山林深处，乡野人家。她的竹屋
茅檐，掩映在一片桃花林中，隔绝世外，庭静人悄。竹篱小院，
简洁雅致，为隐者之所，谁也不知，绛娘和她的老父从何处而
来，又在此地栖居了多久。

岁月流转，绛娘与她的老父于远僻的城南隐姓埋名，修
花弄草，不理世事。多少因缘际遇，就那般匆匆而过，她无
意等候谁，亦不期待有谁会闯入她的人生，撩动她的情思。时
间久了，她成了茅檐下的一株桃树，守着晨昏日落，无端辜负
年华。

他叫崔护，是唐德宗贞元年间博陵县的一位书生。出身书香
门第，才情俊逸，孤傲清高，素日里不喜与人相交，寒窗苦读，
只为夺取功名，抒平生之志。他只是一个平凡的书生，和所有男
儿一样，在大唐盛世有着宏伟的心愿。他的世界墨海书香，无丝

毫闲隐之风，亦无淡泊之意。

清明时节，没有纷纷细雨，亦无断肠之人。窗外万紫千红，蜂飞蝶舞，无限春光，耐人寻味。都说书中自有黄金屋，书中自有颜如玉，整日沉浸于诗书的崔护，却也经不起浩荡春光的风姿，抵不过桃红柳绿的邀约。搁下书卷，寻芳而去，再不忍像往年一样，与春光来不及相处就辞别。

陌上行人缓缓，生怕每一次仓促，会错过这锦绣如织的春色。崔护陷入这场繁华的盛宴，暂忘浮名，抛开俗念。古道悠悠，走过长亭短亭，竟不觉离城已远。山脚偶遇几户乡野茅舍，隐于绿荫深处，不见篱笆柴门。

不经意地转身，误闯一片桃花林中，只见桃花灼灼，开得难舍难收。而掩映在桃花林里的，则是一间简约的茅屋，寂静门庭，绿藤攀附，似乎从未有生人打扰。茅屋虽简陋，却洁净素雅，不落尘埃，当为隐士高人小筑，而非寻常农家居所。

有诗为凭："素艳明寒雪，清香任晓风。可怜浑似我，零落此山中。"这位茅舍的主人，好似在借梅花暗喻此心。当他推开虚掩的柴门，却见一少女，着素雅裙衫，手执茶盘，迎面而来。

那女子不施粉黛，眉目清秀，恰如春风中绽放的桃花，灼灼风华，宛若惊鸿。

短暂的相遇，让他从此再也忘不了这盏茶的情意，忘不了桃花丛中的曼妙少女。而久居山林的她，从不知世上繁华，更不曾邂逅过像崔护这样俊朗洒逸的书生。他本无心惊扰她的梦境，而她却已将相思深种，为之情浓。

他只想做一个赏花游春的过客，虽遇佳人，却不肯因此而荒了学业，误了前程。偶然休憩，亦会想起那朵灵秀的桃花，想起她楚楚动人的模样。但回首十年寒窗，孤影耕耘，又怎可为了儿女私情，而废弃功贵。她则是为之魂牵梦萦，茶饭不思，每日倚着柴门，将芳菲看尽。

她每日洒扫庭除，将柴门小院装点得更加齐整雅致。案几上瓶花不绝，炉火上永远温着一壶热茶，只为等候那位梦了千百回的书生。她以为，他会在某个风轻云淡的日子，像初遇之时那般悄然而至。她以为，在桃花落尽之前，会有一场美丽的重逢。

冬去春来，光阴流去无声，又是一年桃红柳绿，而绛娘容颜依旧，只是风姿瘦减。困于书斋一年之久的崔护，看着窗外姹紫嫣红、莺飞草长的春色，想起旧年城南那位人面桃花的绛娘。他再不想刻意掩饰内心的情肠，丢下书卷，匆匆打马而去，隐没在杨柳依依的古道。

一路寻芳而去，他竟无心赏悦两岸的水色山光，只盼见着梦里的红颜，细诉相思。城南郊外，桃花依旧，而隐在桃林之中的茅舍，却是柴门深锁。院静人空，唯留桃花于春风中嫣然含笑，看似知人心意，实则煞是无情。

日落西斜，依旧不见绛娘的身影，崔护心有怅然，寥落不已。本欲转身策马离去，终有不舍，故留下诗句，聊寄心怀。他忆起旧年桃花树下那位不期而遇的佳人，天然姿色，美目盼兮，而今却是人面杳然，唯留几树桃花，与风共舞。

"去年今日此门中，人面桃花相映红。人面不知何处去，桃花依旧笑春风。"所有的美好，都留存在记忆里，她于他，恰如那朵桃花，绰约婉转，又静美无言。他期待着，她轻妆淡抹，于厨下煮上一壶新茶，在桃花林中，与他前缘再续。然春风还在，桃花还在，茅舍还在，只是不见故人。

人世间有多少偶然的缘分被自己遇见，又被不经意地错过。他以为，他钦慕的女子，会像桃花一样，倚着柴门，年年如约而至，却不知水复山重，聚散难定。他为了功名，误了佳人之约，如今有心想要寻求时，却不复得。

而那位出门寻春或访客的绛娘，归来见到崔护留下诗句，内心又该生出怎样的缺失与遗憾！她会一如既往地守着柴门，煮茶将之等候，还是嫁与一位平凡的山野村夫，安静地过完这一生，抑或是从此相思成疾，郁郁寡欢，和院里的桃花双双终老？

有人说，寻芳不遇，怅然而回的崔护，再无心灯下苦读。几日后，他重返故地，终与绛娘相遇，再不忍离别。后择吉日，娶绛娘为妻，自此如花美眷，似水流年，妙不可言。崔护有佳人做伴，静心于诗书，才思得以精进。唐德宗贞元十二年（796年），崔护赶省试，获进士及第。唐文宗大和三年（829年），拜为京兆尹，同年转为御史大夫、岭南节度使。

也有人说，那一次错过，从此萧郎是路人。此后他进士及第，外放为官，青云直上，亦不缺红袖添香的佳人。而她依旧隐于小户柴门，守着几株桃树，以及那段错失的缘分，煮了一辈子的茶，赏了一辈子的花，也候了一辈子的人。

　　此时春事烂漫，不可遮掩，我坐于小窗下，简净安然。说的是唐诗里的故事，自己的故事，却如雨后新竹，不染红尘。丝柳如烟，燕语清好，唯留两句，人面不知何处去，桃花依旧笑春风。

桃花流水，送来者也送归客

《桃花溪》　张旭

隐隐飞桥隔野烟，石矶西畔问渔船。

桃花尽日随流水，洞在清溪何处边。

桃花溪畔，山色桥影，人世风景不因物转，不以情移。千万年来一如既往，春秋更迭，或繁盛，或衰败，或华丽，或冷清。我爱烂漫花事，开满了庭园，于时光深处，不留间隙。又爱极了简净，愿割舍一切纷繁，所处之地，不染尘埃。

人生百年，茅屋一间，清茶一盏，知心一个，当是足矣。其余的，若浮花浪蕊，皆可忽略，皆可抹去。天下万物，虽样样都好，但任何时候都不喜相争。此一生或富或贫，或仕或隐，一半是追寻，一半为运气。得之，我幸；不得，我命。

多少年了，方修炼成今日的模样，但终究不够从容。遇事仍会急乱，重逢依旧心动，来与去，得与失，尚有执念，难以取舍。我心虽敞阳宽阔，没有遮蔽躲闪，但风过之处，还是会泛起微微波澜。

也曾在一盏茶中忘记年岁，不知秦汉。于午后的一场戏梦中，独上兰舟，随着那武陵的渔人，隔溪流转，误入桃源。山深谷幽，烟雾萦绕，恍惚迷离，犹如仙境。这是一个质朴的世界，寻常的村落，居住寻常的百姓人家，男耕女织，安定祥和。

这里与外界不同的地方，是一切美好简单，纯净无扰。桃花源里，民风淳朴，没有杀伐战乱，没有赋税剥削，没有沽名钓誉，没有钩心斗角。人与人之间相处融洽，平和以待，真挚朴实。虽为茅舍柴门，但家家户户修篱种花，闲情风雅。邻舍往来，各自亦是真心款待，把酒话桑麻。

每个人心中，都有一片桃花源，哪怕享受了人间富贵荣华，仍不忘勤俭持家。人生唯简单方可静美，朴素得以久长，清淡方有滋味。晋人陶潜，年轻时亦有大济苍生之志，一入仕途，才知官场黑暗。他本性清廉，不愿攀附权贵，不肯委曲求全，遂辞去了彭泽县令，自此归隐田园，躬耕僻野。

他写："结庐在人境，而无车马喧。问君何能尔，心远地自偏。"他采菊东篱下，终不忘国家政事，岁月山河。他说误落尘网三十年，归去农家，栽松种菊，和燕子低语，与云霞做伴。他亦觅清泉煮茗，去深山访僧，参禅悟道，以解内心烦忧。

他不喜污浊纷乱的现世，于是用其笔墨勾画了一片洁净的桃花源。这个世界与外界隔离，安宁平和，自由美好。他们也曾为避秦朝战乱而来，后来在此建了茅檐竹舍，安家落户，便断绝了世情往来。若非武陵渔人无端闯入，他们根本不知更朝改代，经了汉朝风雨，又有了魏晋故事。

这首《桃花溪》为唐代书法家、诗人张旭所作。他借陶渊明《桃花源记》之意境，抒写了他梦里向往的桃源，追寻那个空灵虚拟的美好世界。此诗构思婉转，画意深浓，情趣悠远，耐人品味。甚至有人说，简洁的四句诗，足以抵却一篇《桃花源记》。

"隐隐飞桥隔野烟，石矶西畔问渔船。"深山野林，云雾弥漫，似有跨溪的长桥，隐于云烟之间，若隐若现。清溪之上，漂浮着片片桃花，有渔舟轻泛，微波粼粼。看这如黛青山，满溪桃红，不禁令人眩目，思绪万千。这撑着舟子的渔人，莫非是当年那位误闯桃花源的武陵渔人？

"桃花尽日随流水，洞在清溪何处边。"自古桃花流水，是最美的意象，又是最悲壮的离别。花落离枝，随水漂流，不知归处，没有归期。都说落花有意，流水无情，却不知水流匆匆，它送行客，又迎归人，奔走不息，没有怨悔。

水流之处，何处是尽头，是否可以透过潋滟的光影，找寻到当年那个通往桃源的洞口？那个幽深神秘的山洞到底在哪里？渔人不知，他又怎会知？当年武陵渔人离开桃花源，划舟原路而归，行途中做好标记。后拜见太守，告知所见所闻，复寻之，终迷失方向，再不见那条通往桃源仙境之路。

这世上或许处处皆有桃源，在红尘喧嚣之处，于山野林泉之所，或溪流隐蔽之境。只要你心中有梦，理想不灭，终能觅到。又或许这片与世无争的桃源，藏隐在每个人心底的某个角落。只有当你拂去人世尘埃，放下万般牵念，舍弃一切浮名，方可与之相遇相亲。

人世间的一切，但凭机缘，机缘到了，你无意寻找，所要的皆会如愿而至。当年武陵渔人，不过是日出打鱼，图个温饱，何尝想过会遇此机缘，与秦时人物有一次美好的相逢？但一切所见，也只是南柯一梦，梦醒后，他岁岁年年，泛舟于江溪之上，再不见当年的桃花源。

时间久了，便成了渔樵闲话，成了百姓人家茶余饭后叙说的故事。真正的桃源是何种模样，无人可知。你心有多宽，桃源便有多大；心有多静，桃源便有多安逸。此后，桃花源成了隐者心之所念的人间仙境，仿佛一入桃源，可断红尘万般执念，消千灾百劫。

本诗的作者张旭，其实是一位洒脱不羁、豁达大度之人。他才华横溢，学识渊博，他的草书笔走龙蛇，挥洒自如。这样一个人物，如何会执着于寻找去往桃花源的那个山洞？他写下此诗，亦不过是为了表达他对美好生活、洁净空间的向往。

张旭以草书闻名，与李白诗歌、裴旻剑舞，称为三绝。他的字一如他的诗，别具风格，洒脱狂逸，以七绝为长。他生性好酒，每醉后索笔挥洒，泼墨成狂，时称"张颠"。后怀素继承了其笔法，以草书得名，并称"颠张醉素"。

　　张旭是一位纯粹的艺术家，他蘸墨潇洒，落笔如飞，如痴如醉，如癫如狂。他将情感寄寓笔下，或喜怒，或忧悲，或轻狂，或散淡。乃至天地万物，草木山石，飞禽走兽，或形或韵，亦可寄付水墨间。

　　桃花流水，自有一种远意，那轻漾的水波，总能惊动人心。远处泛舟而来的渔人，来自哪个朝代，他曾去过何处，又有何际遇？其实，他不过是一位平凡的渔夫，披蓑戴笠，风雨兼程，不知天道世运，无关去留荣辱。

　　所经之处，亦是此般人间岁月，或秦汉魏晋，或唐宋明清，一样的万物，一样的桃源。心远地自偏，你神思所往之处，当是花静人闲，物物清好。

一缕香尘，落花犹似坠楼人

《金谷园》 杜牧

繁华事散逐香尘，流水无情草自春。

日暮东风怨啼鸟，落花犹似坠楼人。

　　仿佛每一帘风景，都会生出一种心情；每一处旧迹，都曾有过一段故事。人生自有归宿，无论你行经在漫漫古道，还是乘于扁舟上，有一天都会有停留之所，再不漂泊。只是隐于闾巷小院的寻常百姓，他们一生平淡，多少悲喜不为人知。而落于高墙大户的达官显贵，一生名利相随，故留下许多故事，让后人追忆。

　　我本清淡之人，愿一生侍花弄草，煮茶听雨，居山野茅檐，默默无闻。然终被放逐于俗世，困于名利之场，进退两难。如果没有文字，这世间就不会有白落梅，而我此生永远都是那个寄居江南的过客。没有谁知道梅庄，更不会有人试图追问我的故事，打听我的人生，以及一些恍如落花的萍迹。

　　如果没有石崇，历史上也永远不会有梁绿珠。没有石崇，在洛阳西北之处亦不会有金谷园，更不会有这许多美丽凄婉的传说。石崇是谁？他乃西晋富豪，"金谷二十四友"之一。他亦是文学家、官员，他一生所爱是那挥之不尽的万贯家财，还有美艳非凡的三千佳丽，他却为一人而抛却了一切。绿珠死，金谷园自此荒废，昔日的奢华富贵，不消几个日夜，便消踪灭迹。

　　绿珠，梁绿珠，广西博白县双凤镇绿罗村人，生于偏僻的双角山下，那里万木苍翠，碧水青山，恍若桃源，年年岁岁不见往来的旅人。他应该是绿罗村最尊贵的路人，一次美丽的邂逅，改变了绿珠的命运，也改变了石崇的一生。他是从天而降的贵人，花费了十斛珍珠，便将她带离了绿罗村，自此看尽人世繁华。

十斛珍珠到底是多少？有多少斤两？价值几何？可以置多少田地？盖几间房舍？买多少粮食？换多少布匹？绿珠实在不知道，她也无须知道。她后来住进了金谷园，却又为挣取珍珠，而打发寂寥的光阴。她不爱荣华富贵，曾经爱过石崇的俊朗风流，时间久了，也让她心生厌倦。

她所爱的便是那支竹笛，这是她从绿罗村带来的唯一物品。为了讨石崇开心，她每天必须练舞唱歌，因为金谷园有上千姬妾，个个花容月貌，着锦缎，戴美玉，她也只不过是他花十斛珍珠买来的一个侍妾。

金谷园乃当年石崇为和晋武帝的舅父王恺争富而修筑的别墅。王恺用糖水洗锅，石崇便用蜡烛当柴烧；王恺做了四十里的紫丝屏障，石崇便做五十里的锦缎屏障；王恺用赤石脂涂墙壁，石崇便用花椒。他们虽都富可敌国，但如此攀比，穷奢极欲，实非君子所为。

石崇因山形水势，筑园建馆，园内楼榭亭阁，清溪萦回，鸟鸣幽村，鱼跃荷塘。整座金谷园，宛若金碧辉煌的宫殿，琉璃瓦，黄金窗，碧玉栏，象牙塔，仿佛藏尽了天下奇珍异宝。明代诗人张美谷诗曰："金谷当年景，山青碧水长，楼台悬万状，珠翠列千行。"

金谷园内，每隔几日就要设盛宴招待客人。石崇有令，凡陪客的美人，皆要劝酒，倘若客人拒饮，便让侍卫将美人杀掉。石崇撒沉香屑于象牙床，让所宠爱的姬妾踏在上面，未留下脚印的则赐珍珠一百粒，而留下印记的则每日节食，以至于金谷园的姬妾皆体态轻盈，弱柳扶风。

王嘉《拾遗记》谓："（石崇）又屑沉水之香，如尘末，布象床上，使所爱者践之。无迹者赐以真珠百琲。"只是石崇不知，金谷园巧夺天工的繁华胜景，他的奢侈生活，以及几千位容貌超绝的佳丽，有一天会如同这些香尘，随风飘逝，散去无痕。

就连石崇最爱的侍妾绿珠，也只是一缕香尘，带着她的芳颜、歌舞，以及恍若天籁的笛音，一起香消玉殒。侍妾上千，石崇独宠绿珠，不需缘由，他见之便神魂颠倒。为宠绿珠，他在金谷园筑百丈高的崇绮楼，可"极目南天"，以慰其思乡之愁。而崇绮楼也是极尽奢华，珠宝美玉，玛瑙琥珀，犀角象牙，令人叹为观止。

绿珠是红颜，也是祸水。据《晋书·石崇传》记载："（石）

崇有妓曰绿珠，美而艳，善吹笛。孙秀使人求之……崇勃然曰：
'绿珠吾所爱，不可得也。'……崇正宴于楼上，介士到门。崇
谓绿珠曰：'我今为尔得罪。'绿珠泣曰：'当效死于官前。'
因自投于楼下而死。"

倘若孙秀不出现，绿珠也许一生都在金谷园，过她歌舞升
平的安逸生活。孙秀，依附于赵王司马伦的孙秀，据说是个
善谄媚、玩弄权术的人。但不管历史给过他怎样的评价，就
是这个男人，他要绿珠。石崇是个极爱面子的人，他怎会将
自己至爱的女人奉送他人。他受不起这样的羞辱，也断不能
割爱。

石崇的拒绝，令孙秀起了杀心，他劝赵王伦诛石崇。金谷园
被重兵包围，石崇自知大势已去，对绿珠叹息道："我今为尔得
罪。"绿珠哭泣道："当效死于官前。"她纵身一跃，从楼阁坠
落，犹如落花，殷红的血染透了她轻薄的绿纱衣。绿珠为报恩而
死，亦是殉情，她死得壮美，让人痛心惋惜。

自此金谷园成了传说，它庄严华丽，也神秘缥缈。多少人
为绿珠作诗填词，或歌颂，或追思，最爱的仍是杜牧的《金谷
园》。"繁华事散逐香尘，流水无情草自春。日暮东风怨啼鸟，

落花犹似坠楼人。"

杜牧的绝句，意境清远，韵味隽永，于辽阔的唐朝诗海，亦算是一道顾盼悠悠的风景。贺裳《载酒园诗话·又编》云："杜紫微诗，惟绝句最多风调，味永趣长，有明月孤映、高霞独举之象，余诗则不能尔。"

那时的杜牧，也只是金谷园的一个过客，望着旧迹斑驳的遗址，想起往昔有过的繁华景致。流水无情，它怎管人世沧桑变迁，依旧潺湲不息。春草亦无心，对生死荣辱，平静漠然。

日暮春风，时闻鸟鸣，见这一代名园，于残阳下那般荒凉。鸟鸣亦似在悲切哀泣，如痴如怨，与诗人同心，沉浸在别人的故事里，无法自拔。纷纷落花，恰如坠楼之人，随风飘逝，凄美绝伦。

石崇当真是为了绿珠而力拒孙秀吗？倘若他不是富可敌国，她并非倾城绝色，他们都是凡庸之人，命运则会另有安排。绿珠是否真是石崇所爱？她的死有无价值？已不重要。她不过是他用十斛珍珠买去的侍妾，也许至死的那一刻，她都不知道十斛珍珠到底价值几何。

　　人生百年，光阴往来如梭，最不能更改，无法逆转的，是沧桑兴废。倘若没有绿珠，石崇所修筑的金谷园，有一天亦会像王谢家族一样衰败，在尘世的某个角落里，销声匿迹。可叹，日暮东风怨啼鸟，落花犹似坠楼人。

琵琶声声，葡萄美酒夜光杯

《凉州词》 王翰

葡萄美酒夜光杯，欲饮琵琶马上催。

醉卧沙场君莫笑，古来征战几人回？

松花酿酒，春水煎茶，是古人之闲情雅致，为今人所慕所思。我亦学古人，素日里煎茶酿酒，晴耕雨读，打发寂寥，寄托心怀。晨起摘茉莉，盛满一青花瓷碗，或烹茶，或酿酒，暗香盈袖，雅趣怡人。文人的茶，文人的酒，有诗者心，词者意，无名利世味，却淡泊清远。

青梅煮酒论英雄，是一种旷达，亦是情意。旧园的青梅花落

尽，结了青涩的果实，粒粒饱满，摘来浸酒，妙不可言。这坛酒
储存于光阴深处，经世事浸染，历岁月沧桑，便成了醇厚的佳
酿。寂寥时，于斜阳庭院自斟自饮，心事沉婉，却不生悲哀。或
邀得三五知己，聚集陋室，推杯换盏，醉于月下，豪情不减。

几束时花，清洁的桌椅，几碟简单的果菜，明净的色调，意
静人幽，浅酌细品，回味过往不可说起的尘缘。抑或去那花丛柳
阵间寻个木椅，静赏繁花，酌一壶幽意，独会古人诗境。及待浅
醉，再不知是何年岁，是甚时节，又寄身于何处。

易醉人者，于诗于酒；世之悲极，于离于别。自古至今，多
少文人墨客，情寄樽酒，笔飞豪转，洒然成篇，延续千年文化，
万古情境。又有多少村农商贾，借酒消愁，把酒言欢，守着淡然
的岁序，一醉生平。然诸人所求不同，身份各异，于酒一事，堪
为知己。

酒之逸事颇多，白衣送酒，终老东篱，是一种洒脱；五花
马，千金裘，呼儿将出换美酒，与尔同销万古愁，是一种豪迈；
竹林深下，醉生梦死，是一种放诞；花间独饮，醉邀明月，是一
种超然。试想，古之诗者词客，于月朗风清之夜，借酒凭杯，起
万千灵思，写就千古佳句，怎等畅快！抑或漫倚栏杆，醉颜酡

红，折下柳梢之别情，执手相看，又是何等伤感！

昔读《红楼梦》，贾宝玉梦游太虚幻境，警幻仙子让他饮茶品酒，颇有深意。警幻道："此茶出在放春山遣香洞，又以仙花灵叶上所带宿露而烹，此茶名曰千红一窟。""此酒乃以百花之蕊、万木之汁，加以麟髓之醅、凤乳之曲酿成，因名为万艳同杯。"宝玉品后称赏不迭。

茶有百味，酒韵千回。美酒佳肴，在红墙绿瓦之高院；素菜清茶，于茅檐俭朴人家。无论是名贵之酒，还是乡野之酿，皆有其深味，品者自知。旷达清醒者，千杯不醉；心事糊涂者，一盏即倒。

《笑傲江湖》里，作者借祖千秋之口，细述酒具之用。虽知饮茶之时，多有雅事，不想于饮酒一事，亦能品出趣味。葡萄酒在当时乃西域之物，用夜光杯来饮，更得妙处。

东方朔《海内十洲记》中的《凤麟洲》记载："周穆王时，西胡献昆吾割玉刀及夜光常满杯。刀长一尺，杯受三升。刀切玉如切泥，杯是白玉之精，光明夜照。"

这或为夜光杯之由来。所言乃是周穆王时，西域献来的，而此杯乃白玉之精，即使到了夜半，犹然辉光满杯。于此杯中，盛满葡萄美酒，醉上千日又何妨？然而，于此间，美酒芳杯，又或是别愁离恨，断肠苦酿。王翰作为当时的边塞诗人，颇有才学，性格豪放，倜傥不羁。登进士后，每日以饮酒为事。其诗多吟咏沙场少年，玲珑女子欢歌饮宴，感叹人生苦短，及时行乐之情怀。杜甫曾写句"李邕求识面，王翰愿卜邻"赞叹王翰，可见一斑。

王翰的诗，多是壮丽豪放之句，风华流转，余音绕梁。然最负盛名，寄寓深远的，则是这首《凉州词》。该诗看似旷达豪迈，尽情快意，实则流露的是战士厌战的情绪，亦有视死如归的勇气，苍凉又慷慨，飞扬亦悲壮。

"葡萄美酒夜光杯，欲饮琵琶马上催。"琵琶乃是伤情之物，它作为一种乐器，在古典文学中，湿了乐天的青衫，悲了离人的白鬓。及待回首云空，送归雁影，深会昭君怨意，再拂弦时，拨碎了边关衰草中的枯骨，隐着无数欲归不归的亡魂。

此时的琵琶声声，来自马背上的弹者，"催"字于此，实是"急促"之意。而边关的乐器，于诗词中，除了羌笛，便是琵琶，不论其何曲调，却是可遣兴之物。美酒，夜光杯，琵琶声语，为军营最美的装饰。

　　美酒佳肴，丰盛夜宴，将士们久居边塞之地，多年的征戍生涯，让他们期待一醉方休。短暂的欢聚，不知何时战事又将开始。或一时半刻，或次日晨起，甚至酒至一半，便要出生入死，于刀光剑影中，奋力杀敌。这般心情，看似爽朗洒脱，又蕴藏怎样的悲感！

　　如果"留恋处，兰舟催发，执手相看泪眼"只是别离的伤感，那么"醉卧沙场君莫笑，古来征战几人回"则是生死的慨叹。面对生命的起伏不定，我们是该忘却生死，豁达豪放，还是该静守婉约，牵挂无边？是该"今朝有酒今朝醉"，还是"风物长宜放眼量"？

　　战乱杀伐，烽火硝烟，将士们早该将生死置之度外。"凭君莫话封侯事，一将功成万骨枯。"壮美河山，稳固城池，是多少枯骨堆砌而成。多少人仗剑而去，戎马一生，最后连尸骨都不知葬于何处，唯有月圆之时，魂魄偶然飘去故里，探看久别的至亲。

生死为大，又是生命的必然过程。任是将相王侯，才子佳人，都躲不过岁月催赶。然而，于此边塞之地，朝不知夕，春不知夏，能将生命看淡，付之一醉，是逃避，亦为顺从。边关的月，染白了将军的铁衣，催黄了摇曳的城草，却照不到天明，照不到远方的家园，以及坐于月影下，苦候经年的妻。

都言字如其人，文如其心。李白若缺一份傲骨，不复成诗仙；杜甫若多一些私欲，再非诗圣。正乃李太白，梦游天姥，醉邀明月，诗骨傲然；杜工部心系天下，欲成广厦，大气老成。而王翰的豪气旷达，从他的《凉州词》中便能体会。

"剩知白日不可思，一死一生何足算。"亦可见其狂放不羁、及时行乐之心态。这样一位盛唐人物，该有盛唐的大气与风骨，亦有着盛唐的诗心与豪情。

平淡之中，生出浮躁之心，是愚者；平淡之境，以平淡之心守之，是智者。于简约中怀锦绣，是才客；于繁华中见真淳，是高士。人生在世，不落于尘网，不拘于功名，不执于情爱，一樽清酒，一弯新月，或闲寄闾巷，或小舟江湖，便好。

第三卷 ◎ 明月多情，奈何好梦被人惊

——一卷大唐的风华——

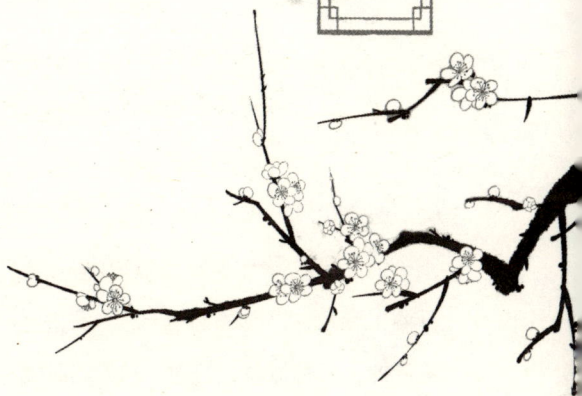

明月多情，奈何好梦被人惊

《寄人》　张泌

别梦依依到谢家，小廊回合曲阑斜。

多情只有春庭月，犹为离人照落花。

　　这个春日，我只静坐梅庄，写字喝茶，却不曾忽略窗外景致
细微的变化。看一场又一场的花事，像过往一桩又一桩的情缘，
开谢了春光，也消磨了年华。一度游园，临水畔品一盏佳茗，海
棠簇拥，翠竹掩映，习惯了独处的时光，总怕好梦被人惊，亦怕
惊人梦。

　　亭廊水榭，最是江南风景宜人处，可赏小庭花开花谢，也望

天边云卷云舒，时闻潺潺细流，时观皎皎明月。茶说，这一生都不要离开这座园林了。茶还小，不解人事，她不知此处园林乃官家所有，我们不过是游园的过客，连一粒尘埃都带不走。但她小小人儿，竟有观山游水，惜花怜草的情怀，于我是一种欣慰。

古时大户人家，皆修筑园林，砌山叠石，挖池引溪，栽花植树。《红楼梦》里有一座大观园，红楼女儿所居之处，皆以她们的性情布局，或翠竹梅花，或芭蕉蔓草。她们在属于自己的庭院，吟诗作画，抚琴对弈，煮茗赏花，吃酒听戏，过着诗意人生，尽享浪漫华年。然这一切，皆是作者的幻象，是他红尘未了的一场梦。他道："满纸荒唐言，一把辛酸泪。都云作者痴，谁解其中味？"

明代戏曲家汤显祖，晚年远离仕途，淡泊守贫。居临川故里，潜心于戏曲和诗词，写下著名的《临川四梦》。每一出戏，皆因梦起，他们在梦里安享荣华富贵，经历爱恨情怨，有过悲欢离合。梦中的景，梦中的人，梦中的情，恍若现实的一切，令人心动不已。梦里度过漫长的一生，醒来方知不过刹那光景。

汤显祖在《牡丹亭》题词中曾说："情不知所起，一往而深。生者可以死，死者可以生。生而不可与死，死而不可复生，非情之至也。"万般皆是梦,万般皆是情,倘若挣脱了情爱,也就放下了我执。此生无论是遨游梦里,还是置身尘世,皆可自在安然,不必为情所缚,为爱所牵。

每个人都有放不下的情缘,有梦中所寄之人。这个人也许已经转身成了昨天,也许正在与你宿命相依,但终究会是你的过去。你记着也好,放下也罢,他曾来过,惊扰过你的时光,给过你美好的爱恋,以及莫名的伤悲。最后未能如愿以偿,陪你双宿双栖,白首终老。

也曾爱过,也曾人约黄昏后,但都转身陌路,不复相见。依稀梦里见过,但并非对之情深,念念不忘,只是无端地走进梦里。当年杜丽娘游园见执柳少年,与之相见甚欢,托情寄爱。苏东坡夜梦去世十年之久的亡妻,见她轩窗前梳妆,醒后作词记之。

清代徐釚《词苑丛谈》:"张泌仕南唐为内史舍人,初与邻女浣衣相善,作《江神子》词云:'浣花溪上见卿卿,眼波明,黛眉轻。高绾绿云,低簇小蜻蜓。好是问他来得么?和笑道,莫多情。'后经年不复相见。张夜梦之,寄绝句云:'别梦依依到谢家,小廊回合曲阑斜。多情只有春庭月,犹为离人照落花。’”

张泌，唐末时期诗人，他写诗，也填词。关于他的一生历程，史书上所记无多，唐末时曾登进士第。其诗歌名篇《寄人》被选入《唐诗三百首》。张泌的词艳丽多情，语言流畅，感情细腻，意境巧妙。

他作诗寄人，这个人与他曾经相爱过，如今只在梦中寻。他们为何分开，这位女子如今去了何处，是嫁作人妇，还是依旧独守闺中，皆不得而知。但分离后，他始终对之不能忘情，无奈时光阻隔，也只能梦里相见。相思之意，无从所诉，唯有借诗寄情，用简洁美好的文字，来表达内心深刻曲折的情思。

“别梦依依到谢家，小廊回合曲阑斜。”此处谢家，代指女子的家，借东晋才女谢道韫之名，所指其人。诗人一入梦境，便恍惚走进了女子的家里，此处庭深意幽，长廊曲折。曾经的美人斜倚栏杆，妩媚娇羞，只是雕栏依旧，他所思之人却不见踪影。

他们也许像《牡丹亭》里的杜丽娘和柳梦梅一样，在亭台水榭游园定情，相约盟誓。如今梦魂里绕遍回廊，栏杆拍尽，只能失落地徘徊，追忆，佳人去了何处，缘何一点香踪萍迹也不曾留下。此情此景，恰似"人面不知何处去，桃花依旧笑春风"，又如同"物是人非事事休，欲语泪先流"。

物是人非，他依恋不舍，往日恩情，别后相思，惆怅难言。他深知现实中他已然彻底失去，唯愿于梦里相见，哪怕隔着花树，不诉衷肠，远远地一睹芳容，也知足了。然烟云散去，世事落幕，一切终归平静。

"多情只有春庭月，犹为离人照落花。"多情的是那庭前月，清冷的幽光洒落在满径落花上，恰似离人心。他们也曾似枝头的繁花，相爱过，多情的明月，记得他们花下相依的背影，如今春月还在，那望月的人，早已不知所踪。

他对那女子心生怪怨了吗？他也只是希望借梦中之景与她久别重逢，在梦里对其细诉深沉的思念。但佳人鱼沉雁杳，仿佛她从未来过，更从未与他有过任何交集。是她背叛了诺言，还是当年他辜负于她？多情反被无情恼。是明月多情，还是诗人多情，又或多情的恰恰是那佳人？

人也许在失去之后才懂得珍惜，他也不过是写诗寄人，梦醒后或生落寞惆怅，或寝食难安。但这一切都会过去，而梦中的女子，远去的佳人，只能深深地掩藏在心底。他会开始新的感情，许下新的诺言，生出新的故事，甚至有一天，将当下的种种全然忘记。那时，当真只有春庭的明月，记得过往的情意，遥远的相思。

小廊曲阑，庭前花月，让我心生感动的，不是诗人对女子的爱恋，亦不是多情的明月，而是这春庭的幽景，是那似曾相识的心境。也曾有梦，也曾梦里邂逅故人，看似与君相遇相知，转瞬却不见踪影。往昔的恩情，昨日欢笑，似乱红飞过，绚烂夺目，又凄美哀伤。

人生有情，心有归依，却难免为情所累。聚时欢喜，散后依依，莫如不见不散，一生一世安静自处，不扰清梦，也是一种慈悲。而我终愿做一缕自由的风，可以行经每个角落，无人所牵，无人所知，更无人所惊。

寂寞空庭，
梨花满地不开门

《春怨》　刘方平

纱窗日落渐黄昏，金屋无人见泪痕。

寂寞空庭春欲晚，梨花满地不开门。

午后，煮一壶陈年普洱，就着小窗的蔷薇，以及这个季节的樱桃，浅尝深品。愿静美闲淡的时光可以缓解头疾，清心和悦，妙意无言。好光阴总是在恍惚不知间过去了，比如这个春天，尚未言别，就只剩下淡淡的余韵。

曾说过，人生最悲伤的，莫过于英雄末路，美人迟暮。许多人总恨相逢太晚，却不知自己早已将最美的青春挥霍，爱过，痛过，笑过，哭过。如今，又怎可再奢求什么？曾经爱过的人，以及当下痴恋的人，都只是陌上客，相逢有时，相离无期。

多想简单地活着，择一事，爱一人，终一生。如此美好又简约，平淡又安稳，不必与谁相争，亦不必担忧谁会相负。纵是美人迟暮，白发苍颜，也不可惧。要修多少年，方能换取和喜爱之人一起缓慢老去的幸福。在某个无人问津的庭院，于悠悠来临的黄昏，过着一茶一饭的平淡日子，安静且幸福。

守着午后淡淡光影，独自将黄昏坐断，想起唐人的那首《春怨》："纱窗日落渐黄昏，金屋无人见泪痕。寂寞空庭春欲晚，梨花满地不开门。"此一生，总被黄昏所惊，皆因漂泊而起。这宫廷深院的女子，则渴望漂流，如此方不被那高墙绿瓦禁闭一生，凄凉冷寂。

欧阳修有词吟："门掩黄昏，无计留春住。"是的，纵是深掩重门，亦无计留住好春光，好年华。岁序匆匆，带走许多美妙多彩的瞬间，以及柔情和感动，能留下的，只是一些薄浅的回忆与幽幽的叹息。

赵令畤《清平乐》又写："断送一生憔悴，只消几个黄昏。"此一世，跋山涉水，百转千回，不知要历经多少劫难，遭遇多少沉浮，走过多少荆棘，才能做到淡泊从容，风雨不惊。而你经历的种种苦难，回眸一看，不过几个黄昏，几场花事。那时所得所失，所取所舍，所爱所怨，已然微不足道。

我虽怕黄昏，却不做那伤春悲秋的怨女，愿心似春风明月，那般清好洁净。纵有悲伤，有遗憾，有多少不尽意，也会随着光阴流逝，慢慢淡去。到最后，一如我的容颜，铅华洗尽，虽不再光鲜亮丽，却明净无尘，简单安然。其实，我亦只是凡尘女子中平淡的一个，时而优雅诗意，时而浅显世故，时而哀怨婉转，时而自在喜乐。

旧时女子许多时候虽不能自主，却可以守着当下一种情态，一份心肠，无须思虑太多。若居农家小院，便倚着柴门，将人间芳菲看尽。到了妙龄，嫁一个庸常男子，平凡生养，素心不改，一生一世不必担忧离弃。倘不幸遇灾劫病痛，亦属人世寻常，而后慢慢地老去，子孙满堂，福寿延年。

若为侯门千金，自小锦衣玉食，不管世道运数，不问人间冷暖。此一生，没有太多变故，亦无须经受迁徙流离，和一个爱或不爱的人相约白头。年少时，采花织梦，嫁作人妇，相夫教子，守一院花开花谢，看一世云走云飞。

想来，最为悲情的是那深宫里的女子。一生被命运摆弄，不得而脱，看似华丽的人生，实则像受了诅咒。自小读过许多描写宫怨的诗，总为她们悲剧的人生惋惜。她们说，一生最大的错误与悲哀，便是入了这帝王之家，走进那深宫高墙。

自古多少宫人嫔妃，得宠的，不得宠的，其实都是同一种结局。她们的命运何其相似，不过是为了同一个男子，你争我夺，钩心斗角，之后老死在深宫，不为人知。纵是三千宠爱于一身，也只是镜里恩情，水中幻影，难以久长。璀璨的华彩背后，是更深的落寞与孤独。

宁可在冷宫深院里独自清幽地过完一生，也不肯于帝王身畔安享万丈荣光。只因没有谁会与一个毫无地位、没有恩宠的人相争。她虽卑微，凄凉，却过得安全，无忧。尽管一生的好年华就这样在一座高墙下蹉跎了，来时不惊不艳，离时亦无声无息。

"纱窗日落渐黄昏，金屋无人见泪痕。"旧纱窗外的日光缓缓淡去，又一个黄昏行将来临，自入宫以来，已经不知经历了几度春秋，行经多少日落，又看过多少花事。虽居锦绣华屋，温饱无忧，却无人可见其内心深处的悲哀，更不见其脸上的泪痕。

"寂寞空庭春欲晚，梨花满地不开门。"庭院里空旷寂寞，春景将尽，倍觉冷落。似雪梨花落了满地，心绪辗转，知无人来访，唯把重门深掩。寥寥几句，道尽了一个深宫女子多年来无尽的哀怨与柔肠。该如何打发，这年年岁岁，重复且单调的时光？

多少宫女自妙龄进宫，一生都未能见到她们的皇帝。她们被安排在幽僻的小庭深院，经受着沉重的清冷与孤独，过着与世隔绝的日子。多少人一生无法企及的地方，却成了囚禁她们的牢笼。在这里，不见亲友，不能鱼雁传书，就连那狭窄的御沟也不能红叶题诗，传递情意。

高墙之外，有遥不可及的寥廓云天，有年少时憧憬过的美好，以及今生不能圆满的梦。许多女子甚至一生不懂何为爱情，她们耗尽心神，亦不得与心中仰慕的男子相逢。重门深处，是无人可见的孤影，是苍茫无尽的等候与失落。

年复一年的蹉跎，直至美人迟暮，空对着凄凉晚景，连回忆都是单薄的。元稹有诗："白头宫女在，闲坐说玄宗。"本是良辰美景，赏心悦目的庭院，于她们却是残景哀情。在这宫门深处，消磨了最后的青春，唯剩一头白发，来记述她们亦曾有过的华年。

寂寞的宫廷生涯，让她们不知人间欢乐，赏过一场又一场的宫花，日子简单无趣。再无话题之时，只能回顾天宝年代的玄宗遗事。红颜易老，盛世衰年，她们所能做的，只是随光阴缓慢老去，再无所求，亦不能求。

高墙之内，亦有许多宫女安于现状，在属于自己的小院里，静美优雅地过一生。她们养花喝茶，对弈抚琴，穿针引线，不管白云来去，不畏年华流逝。不期待，不守候，亦无失望。日子简单清寂，却从容美好，比起那些得到过万千宠爱，再经受冷落的妃子，似乎更令人欣慰。

人生一世，或灿烂，或平淡，或喧闹，或寂寥，皆不由己。莫说那些被禁锢在深宫的女子，纵是往来于烟火红尘的，也不能尽随人意。都只是一生，且看你以哪种方式过完，在无能为力的时候，也要让自己不悲不惧，不哀不伤。

梨花谢了又开，而那些走过的妙年锦时，不会再来。

西窗剪烛，留得残荷听雨声

《宿骆氏亭寄怀崔雍崔衮》 李商隐

竹坞无尘水槛清，相思迢递隔重城。

秋阴不散霜飞晚，留得枯荷听雨声。

春寒料峭，凉意不减，体弱的我，自是被风露所欺，连日来身子诸多不适，惆怅难言。有时觉得这病像窗外淅沥不断的春雨，总难消减。都说文人多愁，晴日赏花喝茶尚好，雨日则伤愁不尽，情思缱绻。而我内心早已平静如水，既无哀怨，亦无离恨，更无相思，遇春风，亦不起波澜。

宋人陆游有诗："小楼一夜听春雨，深巷明朝卖杏花。"当年他赋闲于南国，感叹世事人情薄如轻纱。寄身小楼，闲听春雨，窗边写草书，煮春茶。一夜春雨，想来次日清晨，深幽的小巷会传来叫卖杏花的声音。春光浩荡，春愁如酒，他的心情不似他草书那般舒朗有致，风韵潇洒。他在恬静安适的光阴中消磨，仍不忘国事家愁，纵是漫漫茶雾，亦消弭不了其内心的清醒。

不知是春雨多情，还是听雨的人多情，又或许是煮茶卖花的人多情。春雨轻愁剪剪，秋雨离思重重，这雨千古不变，只是赏雨的人，不断地更换心情。想当年，我听雨檐下，少女心事简单无瑕，连愁怨都是洁净的，无历史沧桑，无岁序流转，也无离人远思。而今听雨，多了几分况味，但人事过尽，所有悲喜离合，终是草草，不生悲情。

雨日读红楼，最得其味，像是寂寥时煮了一壶好茶，可以疗伤。当年李清照和赵明诚赌书泼茶，也是一件风流趣事。雨天独思怀远，或与三五知己喝茶，或读一本书，都是对光阴最好的眷念。而唐诗宋词里的雨，更多几许婉转情思，以及许多今人无法言说的雅韵。

那日大观园众人撑船游河，宝玉嫌荷叶已然枯败，道："这些破荷叶可恨，怎么还不叫人来拔去。"宝钗笑道："今年这几日，何曾饶了这园子闲了，天天逛，那里还有叫人来收拾的工夫。"林黛玉道："我最不喜欢李义山的诗，只喜他这一句：'留得残荷听雨声。'偏你们又不留着残荷了。"

宝玉听罢，果觉诗好，便命人留着残荷，雨日里更助秋情。李义山的诗，婉转优美，缠绵悱恻，他的无题诗，清新独特，多愁善感，又一往情深。其诗意含蓄朦胧，隐晦迷离，故有"诗家总爱西昆好，独恨无人作郑笺"之说。

多情多思的林黛玉偏生不爱李义山的诗，是他的多情无端惊扰了她的思绪，还是孤标傲世的林黛玉生性不喜情多？她的情感，亦如她的心性，超脱物外。"我心素已闲，清川澹如此。"林黛玉喜王维的诗，他的诗意境高洁出尘，不加雕饰，堪比山水画，明净清远，淡雅脱俗。

只是林黛玉选择和潇湘馆的几竿翠竹为伴，又何尝不是为了听雨？她作《秋窗风雨夕》亦是倚着秋窗，在寂寂长夜里，独自挨过那无尽的风雨凄凉。大观园里除了宝玉这位知音，黛玉再无可托付之人。但宝玉的人生也是自己做不得主，那场命运的风雨，直到她离去也没有休止。

雨可以洗去世间一切尘埃，美好的，不美好的，皆被洗尽。
雨是文人的诗料，寄寓灵感，也惹人愁思。李商隐诗中的这场
雨，也是一落千年，敲打在残败的枯荷上，清冷错落，耐人追
思。后来，但凡见了枯荷，都会想起那场途经唐时的雨，它的
美，远胜过百翠千红之华丽盛景。

李商隐年少聪颖，因家世清贫，渴慕早日博取功名，为官耀
祖。然应举之路多次受阻，辗转数年方得功名，步入仕途，得到
秘书省校书郎的职位。官职低微，后又无意卷入朋党之争的旋涡
中，一生困顿不得志。

李商隐将人世无常、官场浮沉以及苦闷的情感皆寄于诗文。
读李商隐的诗，宛若翻读他一生的旅程，他的失意落寞，他的孤
独凄凉，他的相思哀怨，看似无题，实则有心。

这首诗是当年李商隐在骆氏亭怀想远在长安的崔氏二兄弟所
作。清雅幽静，远离尘嚣的骆氏亭，牵引出他对友人的无限思
念。安静中倍觉孤寂，冷清中更添怅然，细雨中落满愁念。雨日
原该与友人聚会喝茶，消磨光阴，奈何他们之间隔了万里蓬山，
不得相见。

心事重重无处可寄，奈何秋日迷蒙的阴雨，令原本低沉的心境添了几分感伤。一句"留得枯荷听雨声"，可谓神来之笔，让整幅画面生动灵逸。残败的枯荷在秋风中本凄凉落寞，雨落其间更添了无限韵致。这枯荷秋雨可寄漫漫远思，亦让他与千里之外的友人情意相通。

他虽羁旅漂泊，却有雨相伴，有满池的枯荷，为他做诗料。在李商隐客居异乡巴蜀时，还下过那么一场缠绵的秋雨。"何当共剪西窗烛，却话巴山夜雨时。"据说，这首诗是李商隐怀念妻子王氏所作，他与王氏夫妻恩爱，情深意浓，奈何远隔山水，归期未定。

他期待着，有一日归去故里，和爱妻于西窗下，剪烛夜谈。告诉她，当年他在某个绵绵的雨夜，对她生出无尽的思念。他亦只是天涯过客，一生辗转难安，遭逢无数场雨，亦忍受无数的孤独与相思。此一生，官场失意，遭人排挤，潦倒终身，与他恩爱情长的妻子早亡，独他形单影只，凄凉遗世。

人生有太多不可弥补的遗憾和缺失，但纵是荆棘丛生，也要从容走过。一如残荷，虽枯败凋零，然在秋雨中，更添情境，亦寄幽思。后来，我对残荷也生了情愫，每见庭院枯荷，便会想起

李义山的诗，想起大观园的林黛玉。她的早慧，她对残荷听雨的
情有独钟，亦是她对渺茫人生、无望爱情最后的憧憬。

此刻，窗外细雨敲窗，一声声，似琴音冷韵，错落有致。虽
无残荷，却有老树新芽，溪桥繁花，一夜的雨，明日落红应满
径。想来人生随四季流转，荣枯有序，聚散有定，不该总被愁怨
孤独填满。

绵绵春雨，不知尽时，终有尽时。若得一知心人相伴，与之
雨夜共挑灯花，赌书泼茶，当是人生幸事。若无，独自守着一窗
烟雨，一盏佳茗，一本唐诗，也是欢喜，也当自珍。

三春过尽，悔教夫婿觅封侯

《闺怨》 王昌龄

闺中少妇不知愁，春日凝妆上翠楼。

忽见陌头杨柳色，悔教夫婿觅封侯。

一夜春雨，醒来窗外晴光如线，柳烟花雾，甚是迷人。日闲庭深，风景是这般端庄慨然，没有远虑，亦无近忧，只是当下一茶一花的悠然。溪桥垂柳，比之梅花和翠竹，又是一种风流姿态，纤细柔软，又静美亭亭。

折三两枝海棠，一枝插瓶，一枝簪头，装点了岁月，惊艳了时光。素雅的容颜，淡妆轻抹，眉目间更添几许遮掩不去的风流韵味。闺中的愁念和感伤，都是洁净的，不是哀怨，更不是荒凉。春日里的一草一木，一蕊一芽，皆是欢喜。

都说赶春需趁早，以往的春日，时常邀约知己，去庭园赏花，或于太湖畔观山戏水。也曾学古人折梅寄人，折柳赠别，过长亭短亭，看尽人间花事，烟波画船。后来方知，所有美好的际遇，偶然的邂逅，都是青春犯下的错。那些一起赏过花，折过柳，甚至从未谋面的人，都成了陌路，再无丝毫的纠葛。

无情之人，必有其情深之处。我便是那无情又深情之人，不轻易为凡尘过客动心，对诗酒琴茶花，则情深不改。如今每日独坐小楼，弄茶侍花，安静娴雅，光阴挂在门庭，翠柳斜过瓦檐。时令徙转，春光不输于往年，而我秋水容颜，落梅风骨，亦不曾消减。

见陌上杨柳依依，漫漫远意，竟无可想之人，亦无可付之心。偶然记起一首唐诗："闺中少妇不知愁，春日凝妆上翠楼。忽见陌头杨柳色，悔教夫婿觅封侯。"方才的简然心绪，顿生了伤情，然此伤情不为自己，为那远在千年前的唐人，为那不知愁怨的闺中少妇。虽隔了迢遥山水，错落时空，但我对旧时女子总是心生爱意和怜意，仿佛某一世，我与她们有过心性相通。

有时候，觉得唐诗里的某个场景，像梨园旧梦里一出遗忘又被想起的折子戏。我会在某个似曾相识的意境里停留，莫名地参与他们的悲喜，又不修改他们的故事，惊扰他们的人生。

她是闺中少妇，落于贵族人家，虽嫁作人妇，却不曾经历人世坎坷波折。每日凝妆抹粉，登楼远眺，烂漫心事恍若潋滟春水，不曾愁，也不知愁。如此精心打扮，着丽装，倚高楼，只为赏阅无边春色，打发闺中寂寥的光阴。少妇不知愁滋味，登高不为排遣闲愁，也没有望断天涯路。

她是见春光不知春怨，遇行人不问归期，只默默沉浸在她小小的世界里，采撷一片春景，邂逅一朵流云，收藏一缕春风。若非陌上的杨柳撩动她的思绪，她甚至忘了那从军远征，离别经年的丈夫，忘记新婚时曾经有过的郎情妾意，以及彼此花前月下许过的海誓山盟。

缱绻恩情仿佛就在昨天，又分明已隔遥远。春风拂过垂柳，让她忆起当年折柳赠别的情景，那转身离去的背影，再不曾相逢。虽说春光甚好，年华依旧，但无言的时间，终在悄悄流逝，只怕有一日青春远去，千里之外的夫婿还未返还。

"功名只向马上取，真是英雄一丈夫。"从军远征，立功边塞，晋爵封侯，是多少男儿的宏伟心愿，亦是无数闺中少妇对丈夫的美好期许。他们期待着，有一日功成名就，打马归来，封侯拜相，从此双宿双栖，长相厮守。

却不知"凭君莫话封侯事，一将功成万骨枯"。烽火烟消的战场，刀光剑影的杀伐，一代名将的功绩，又是多少士卒用白骨换取的。人生百年，仓促易逝，或为功名，或为抱负，或为尊荣，又或仅仅只为平淡地活着，简约地相守。

总之，这位闺中少妇，见陌头杨柳又绿，夫君杳无音信，顿生悔恨之情。她后悔当初不该劝说夫婿觅封侯，到如今，无端辜负了良辰美景，虚度芳华。倘若当时不要荣华功贵，今日便可与之相依相守，共赏这撩人春色。又何惧光阴流走，管它冷暖阴晴，杨柳荣衰。

好时光，又经得起几度消磨？王昌龄用其细腻的诗心，描摹出闺中少妇含蓄曲折的情思。赏春却不伤春，虽有别意，却不诉离恨；言离愁，却不见愁音。语言精致，构思新颖，寄韵幽婉，意味深长。

王昌龄的诗，以五古、七绝为主，又以边塞、宫怨为题材，被称为"七绝圣手"。吴乔《围炉诗话》："王龙标七绝，如八股之王济之也。起承转合之法，自此而定，是为唐体，后人无不宗之。"

王昌龄的边塞诗可谓情景交融，为盛唐时一道瑰丽风景。他对边塞风光以及战场将士的内心世界，皆刻画细致。其诗境亦如边关塞外，辽阔深远，旷达超逸，雄浑豪迈，又苍茫沉郁。而他写宫怨诗，可与李白相争，其诗意情境，巧妙出奇，或华美清丽，或凄婉哀怨，皆有其无穷韵味。

明诗论家陆时雍《诗镜总论》："王昌龄多意而多用之，李太白寡意而寡用之。昌龄得之锤炼，太白出于自然，然而昌龄之意象深矣。"行文写诗，关乎景，也关乎情，还和个人际遇与悟性相关。太白心性天然，诗文明净，不加雕饰；昌龄一片冰心，文辞清峻，情真意切。

此时的我亦是在春风高楼，看窗外浩荡云天，杨柳翠色，情不知所起，又不知对谁一往情深。她说，悔教夫婿觅封侯，而我之悔，又是什么？我既无千里远征的丈夫，也无相隔万里之遥的故人，更无擦肩而过的缘分。于我，过去的一切不必追思，也无

须怅悔，人生所有的结局，都是因为当时的抉择，对与错，皆坦
然接受，平静承担。

春风如水柳如烟，不知，唐时那位闺中女子是否等到了她觅
封侯的丈夫。翠柳年年依旧，纵是花容月貌，亦会年老色衰，待
他归来，又拿什么来忆起昨天那个凝妆赏春的自己。

也许，在我心里亦曾等候过那样一个人，只是时间久了，最
后还给了岁月。或遗落在黛瓦白墙的小院，或丢失在杨柳依依的
古道，又或者一直安好，从未离开，是自己假装遗忘了。

多年前，我写过那么一句话，与此刻光景，似有交集。
"青梅煎好的茶水，还是当年的味道，而我们等候的人，不会
归来。"

只是，来或不来，见与不见，我都在。我自倾杯，君且
随意。

花非花，雾非雾，
来如春梦几多时

《花非花》　白居易

花非花，雾非雾。夜半来，天明去。

来如春梦几多时？去似朝云无觅处。

　　这个夜晚，有春风，有明月，有我喜欢的香草，还有一杯淡淡的春茶，以及一些无人可诉的心事。从黄昏到现在，心情低落着，恍若窗外那行将开败的白玉兰，似花非花，如梦如幻。既不是悲，也不是愁，无惊惧，也无伤情，连烦恼都不是。

　　回首过往，也曾爱过，或许现在依旧爱着。那时花好月圆，人静岁安，仿佛前世失散的故人得以重逢，甚至无须再去许下任何诺言就可以地老天荒。我本性洁，愿一生美好清淡地活着，和温婉的风景相依，与柔情似水的人执手。

后来，把人世种种际遇都当作红尘里的修行。那些经过我时光的人，皆成了转身即忘的风景，被我扫落尘埃，今生不复与见。许多人我只当从未遇见，亦不曾有过丝毫的交集，而人生则如一湖平静春水，似皎洁明月，不逢灾遭劫，也无因果情缘。

从前的事，现在的事，以后的事，似乎满满的，又空无一物，分明有情，却把日子过得淡定从容。唐人白居易有诗："花非花，雾非雾。夜半来，天明去。来如春梦几多时？去似朝云无觅处。"恰如我此时心情，有些美好，有些恍惚，像月光下的花影，香风习习，又缥缈难捉。

不是花，又非雾，是春梦，又若朝云。这首诗浅显直白，若行云流水，不加雕饰。言辞清丽，又隐透出朦胧的色彩，似真似幻。有如温柔夜色里一场美丽的花事，来不及看清它的容颜，便已是晨晓。说是梦，却那么真实可依；若说不是梦，却又随着飘忽的朝云瞬间不见影踪，无处可寻。

宋玉《高唐赋序》："妾在巫山之阳，高丘之阻，且为朝云，暮为行雨，朝朝暮暮，阳台之下。"当年楚襄王梦巫山神女，对其深深爱慕，苦苦追求，但神女却无心与他欢会。可谓是襄王有意，神女无心，此情如落花流水，两无交集。神女端庄典雅，温润风流，却又是那么孤冷清绝，不可侵犯。

白居易这首诗，是写情爱，又非仅仅是情爱。短短数十字，仿佛看尽了他漫长的一生，他的情感，他的仕途，他人生的浮沉起落，成败得失。《金刚经》有云："一切有为法，如梦幻泡影，如露亦如电，应作如是观。"

回首过往，数载年华，那些美妙无边的风景、倾国倾城的佳人，以及所拥有过的富贵功名，如梦幻泡影，灿若烟火，稍纵即逝。一切色相，皆是虚妄，兴亡荣辱，缘起缘灭，是一场擦肩而过的春梦，是打身边流走的浮云。

白居易生于"世敦儒业"的中小官僚家庭，自幼聪颖好学，才思过人。贞元十六年（800年）中进士，十九年春，授秘书省校书郎。后罢校书郎，任进士考官、集贤院校理，授翰林学士。他的才情曾得皇上赏识，为报知遇之恩，频繁上书言事。然官场由来风云不定，变幻莫测，宰相武元衡遇刺身亡，白居易上表主张严缉凶手，被指责是越职言事，其后又遭诽谤，遂被贬为江州司马。

他的人生便自此从兼济天下，滑落向独善其身。离开了繁华的长安京都，他在浔阳江畔时常卧病，无端辜负春花秋月，唯有饮酒独酌，以解烦忧。他在庐山建了草堂，过着闲适散淡的生活，亦算是随遇而安。

那年秋天，于浔阳江头送别客人，白居易偶遇一位才艺超脱的琵琶歌女，被她凄楚悲切的琴音所感动，内心亦是百转千回。琵琶女原是长安歌女，也曾名噪一时。后红颜老去，嫁与寻常商人为妻，而后孤影漂萍，流转江湖。她用泠泠弦音诉说衷情，叹命运摆弄，在那秋水河畔，似雪芦花映衬她憔悴容颜，更添悲凉。

赏其才情，感其身世，白居易撰写一首长诗送与琵琶歌女，题为《琵琶行》。"同是天涯沦落人，相逢何必曾相识！"虽只是萍水相逢，却视她作知音。也许这尘世间，离他心最近的，不是他恩宠过的樊素，不是小蛮，也不是关盼盼，而是与他天涯相遇的琵琶女。

"夜深忽梦少年事，梦啼妆泪红阑干。"想当时，白居易也倜傥风流，为消人生烦恼，解仕途怅然，他以妓乐诗酒放纵自娱。白居易视她们为红颜知己，素日与之吟诗作乐，歌舞尽欢。而樊素和小蛮，是他最为宠爱的家姬，有诗吟："樱桃樊素口，杨柳小蛮腰。"

晚年的白居易，再无年少时的壮志豪情，他放下执念，淡泊世事，与文友诗酒唱和。加之体弱多病，得了风疾，半身麻痹。他甚至无心情爱，无意和家姬欢乐，怕累己误人。于是，他卖掉那匹与他相伴多年的好马，并要遣散相随数载的樊素和小蛮。然良驹反顾哀鸣，不忍离去，樊素亦悲伤落泪，说：

"主人乘此骆五年，衔撅之下，不惊不逸。素事主十年，巾栉之间，无违无失。今素貌虽陋，未至衰摧。骆力犹壮，又无。即骆之力，尚可以代主一步；素之歌，亦可送主一杯。一旦双去，有去无回。故素将去，其辞也苦；骆将去，其鸣也哀。此人之情也，马之情也，岂主君独无情哉？"

光阴薄凉，人生有情，这时的白居易笃信佛教，号香山居士，抛散昨日浮名，于经卷中顿悟，找寻宁静。此一生，无论是情场、官场，还是诗坛，都春风得意。虽遭贬谪，却也能恬然自处，于草堂修行，邀僧出游。而他的身边想必从来都不欠缺佳人。

"两枝杨柳小楼中，袅娜多年伴醉翁。明日放归归去后，世间应不要春风。五年三月今朝尽，客散筵空掩独扉。病与乐天相共住，春同樊素一时归。"樊素走了，小蛮也走了，客散筵空，人生到了最后，自当如此。他不忍再去牵绊她们所剩无几的华年，愿她们可以寻得良人，重新安排自己的命运。却不知，她们一生所有的美好，早已耗费，毫无保留。

再繁盛的筵席，再长情的相依，再生动的诺言，都会输给时间。我们曾经拥有的，终将失去，而失去的，又会以另一种方式归来。既是留不住无影无形的时光，那么静看它的流逝，享受它的美，亦是一种幸福。

花非花，雾非雾。夜半来，天明去。来如春梦几多时？去似朝云无觅处。

谁是沧海之水，谁又是巫山之云

《离思五首·其四》 元稹

曾经沧海难为水，除却巫山不是云。

取次花丛懒回顾，半缘修道半缘君。

　　每个人的一生都有飞不过的沧海，越不过的桑田。邂逅一段情感，是缘，也是劫。这是人的定数，纵算你尽力去避免，亦解脱不了爱恨离怨。许多事明知是错，依旧飞蛾扑火，只争朝夕。

　　或许，情到深处，没有对错，更无得失。相处的日子里，所有看过的山水草木，经历的悲欢离合，都是值得惊叹的风景。也许，此生再不相忘；也许，转身就是沧海。诺言很美，却也如风，可以沁人心骨，亦可无影无痕。

"曾经沧海难为水，除却巫山不是云。取次花丛懒回顾，半缘修道半缘君。"写这首诗的人叫元稹，唐时男子，年少便富有才名，和白居易同科及第，并结为终生诗友，二人共同倡导新乐府运动，世称"元白"。

元稹的诗，辞浅意哀，悲切情深，读来惊人好梦，动人心肠。其《离思》五首，《遣悲怀》三首，皆是入骨之句，言语美妙，情思婉转，却也悲戚哀怨。更著有传奇《莺莺传》，又名《会真记》，后被元人王实甫改写成剧本《西厢记》，被千古传唱，经久不息。

沧海和巫山为人间最美好的风景，而元稹用最美的风景来形容他的妻子韦丛。韦丛，太子少保韦夏卿的小女儿，二十岁之龄嫁与诗人元稹。那时的元稹仅为秘书省校书郎，但出身名门、高贵典雅的韦丛，并不计较元稹的身份。嫁作人妇，勤俭持家，为其煮饭烧茶，红袖添香。

日子虽平淡，夫妻却恩爱，情深意浓，亦作红尘知音。然造化弄人，年仅二十七岁的韦丛因病去世，这时的元稹已升任监察御史，爱妻亡故，令诗人悲恸欲绝，后写下一系列的悼亡诗，祭告亡妻的魂灵，告知情深不改。

沧海为孟子"观于海者难为水"幻化而来，《孟子·尽心》篇"观于海者难为水，游于圣人之门者难为言"。而巫山则使用宋玉《高唐赋序》里"巫山云雨"之典故。《高唐赋序》说，其云为神女所化，上属于天，下入于渊，茂如松榯，美若娇姬。

看罢了茫茫沧海，涓涓细流便不入眼，而邂逅了巫山的彩云，对所有的云霞亦不足为奇。这世间唯如沧海之水，似巫山之云的绝代佳人，能令其倾心相待。之后，纵有倾城国色，花容月貌的女子，也不能博取他的爱慕与欢心。

哪怕万花丛中过，也是片叶不染身。姹紫嫣红的枝头，没有一株花木值得他为之停留，更莫说折取，对之动情伤神。爱妻的亡故，让他心意阑珊，倦怠了世间情爱，再无意任何花开。于诗人心中，唯有爱妻是那倾国的名花，虽死却不败不谢。那么多似雪繁花，他也只是匆匆走过，不顾盼，也不回眸。

他说，不折花沾叶，不驻足顾盼，一半是因其修道之清心寡欲，一半则是曾经拥有过世间最美的你。爱妻亡故，他无法从悲伤中解脱，闲时便读庄子《逍遥游》，淡看红尘情爱，静心修道。在他心里，爱妻是沧海的水，巫山的云，百花中最娇艳的一朵，今生再无人可以取代她的美。他对其情深如海，甚至许下誓约，终身不娶。

唐人悼亡诗中，元稹的诗境格调清绝，意婉情深。"曾经沧海难为水，除却巫山不是云"，更为后世称颂。诗者有心，所倾诉的，亦只是当时之情。爱妻亡故，他虽悲切，并誓不再娶，那时的元稹，对韦丛的感情，确是真挚，不容置疑。然让一个风流诗客，自此孤独到老，实在太难。

韦丛去世后两年，元稹就在江陵府纳了妾。也许接受一段新的情感，开始新的故事，并不意味着遗忘从前。又或许，在他心底，世间再无任何女子可以替代爱妻。纵算他再娶纳妾，甚至邂逅更多的情缘，亦无法擦去过往的痕迹。

之后，元稹去往四川为官，结识了蜀中才女薛涛，并与之生出一段刻骨铭心的爱情。薛涛比元稹年长十一岁，虽年过四十，却依旧容颜秀美，风韵犹存。风流倜傥的元稹，令薛涛一见倾心，多年对情感的隐忍，自此为他一人尽欢。身为歌伎的薛涛，虽与韦皋有过一段情缘，却始终不曾为之付出真心。

那段时间，他们忘记了年龄的差距，忘记了世俗的约束，只醉心于诗酒文章，遍览蜀中山水。"风花日将老，佳期犹渺渺。不结同心人，空结同心草。"薛涛一生未嫁，她以为，她等候的男子，虽不曾在她最好的年华里出现，却到底相约而至。她甚至不去想，她与他是否有结局，此生至少这样美好地爱过，亦是无悔。

薛涛和元稹度过了一段浪漫逍遥的时光，然这炽热的爱恋却在元稹离去时消散。元稹走了，去了京城，他承诺，他会回来，伴她岁岁年年。她这一生，虽未曾对别的男子动过真心，却听过太多的海誓山盟。她自是不敢轻信他的诺言，但内心始终期待，有一天他真的会归来，并且留在蜀地，与她长相厮守，暮暮朝朝。

他没有信守承诺，她亦不恨不怨，一个人隐于浣花溪畔，卸下过往的美丽与哀愁，自制诗笺，孤独美好地活着。暮年的薛涛，着素布道衣，建吟诗楼，酿薛涛酒，在清幽中，平静地度过了晚年。她自知，世间男欢女爱，觥筹交错只是过眼云烟，虽相爱，却无谓相负。

自古男儿动心容易守情难，元稹对亡妻情深意重，对薛涛也不算始乱终弃，他只是情难自已。在后来的宋朝，东坡居士写下一首千古悼亡之词《江城子》，更是凄婉痛绝，读罢令人断肠。

"十年生死两茫茫，不思量，自难忘。千里孤坟，无处话凄凉。纵使相逢应不识，尘满面，鬓如霜。夜来幽梦忽还乡，小轩窗，正梳妆。相顾无言，惟有泪千行。料得年年肠断处，明月夜，短松冈。"

苏轼夜梦亡妻王弗，死别已有十年，仍对之思念深切。想当年，夫妻恩爱情深，如今独留她千里孤坟，千般爱恋，万缕哀思，无处诉说。苏轼一生宦海浮沉，情感亦是坎坷起伏，不如人意。他娶妻王弗，为其红袖添香，是苏轼的伴读良友，后亡。再娶王闰之，亦是一位性情柔顺，贤惠大方的女子，陪他经历人世风雨，飘蓬流转。

王闰之去世后，苏东坡再遇红颜知己王朝云，她虽为歌伎，却清雅脱俗，才情超绝。苏轼爱之，纳为侍妾，朝云用一生最美的时光追随东坡居士，与他诗酒吟唱，陪他研习佛理。然红颜薄命，朝云亦离他而去，东坡悲伤不已，为之写下联句："不合时宜，唯有朝云能识我；独弹古调，每逢暮雨倍思卿。"

人的一生，总是在不断地相遇，又不断地相离。也许时间久了，已经分辨不清，谁是沧海之水，谁是巫山之云，谁又是你耗费一生想要珍惜，又至死不忘的那个人。也罢，任随缘起缘灭，不问情深情浅。

人事偷换，
笑问客从何处来

《回乡偶书二首》　贺知章

少小离家老大回，乡音无改鬓毛衰。

儿童相见不相识，笑问客从何处来。

离别家乡岁月多，近来人事半消磨。

惟有门前镜湖水，春风不改旧时波。

张爱玲说："对于中年以后的人，十年八年都好像是指顾间的事，可是对于年轻人而言，三年五载就可以是一生一世。"以往不觉时光珍贵，可以任性地将自己放逐到凡尘每一个角落。三年五载，慢得恍若一生一世，似乎有挥霍不尽的光阴。如今却是流年匆匆，许多风景尚不曾抵达，就已仓促走过。

多少次午夜梦回，始终是那黛瓦白墙的村庄，朴素田园，明月溪山，有斑驳的老墙，苔藓覆盖的长巷，还有一座落满尘埃的戏台。那时的我，不过是一个不满十岁的女孩，清纯明净，不染世事，更不解人情。

昨夜又梦见母亲，她不再是年轻时模样，素净白衣，扎着长辫，言语皆是明朗与欢愉。她两鬓生白，形容憔悴，似有无限话语要对我诉说，却掩藏于心，不能表白。其实，她想说的，未曾说出口的，我都明白。只是，心意阑珊，我又怎可为谁而修改人生的行程。

父母的老去，令我总是内心忧惧，虽知生老病死乃生命常态，却始终害怕离别的到来。人生匆匆来去，不过在红尘走过一回，却又不可太过随性，不能任意消磨。那些走过的路，遇见的人，发生的事，情感，功名以及种种细碎的经历，都被写进属于自己的命册里，成了故事，成了历史。

当一个人的日子只剩下回忆，或只余下简净与平淡，该是无欲无争。母亲时常在耳畔叨絮，怪岁月太过无情，让她从一个韶华之龄的烂漫女子，成了当下白发苍苍的老妪。她让我惜时惜景，却不知，我的妙年刚刚走过，连转身迟疑的机会都不曾有。

好光阴算是辜负了，却不肯轻易低眉，害怕会错过更多行途上值得珍藏的美丽。我愿守寂静小园，在老旧的篱院下，种一树蔷薇，向阳而开，生生不息。又到了茉莉栀子花绽放的季节，外婆家是遥远村落里一道清凉的风景。

旧时庭院，朴素无华，外婆在竹篮里挑拣她喜爱的茉莉，虽已是迟暮美人，却恍若妙龄少女。她的笑，一如廊下的凉风，幽香沁脾。外公着斜襟白褂，有几分读书君子模样，坐竹椅上，石几上一壶茶，教我背唐诗："少小离家老大回，乡音无改鬓毛衰。儿童相见不相识，笑问客从何处来。"

那时我不解唐是何年，宋是何时，却喜读诗，亦学词。外公说祖上为读书人家，也曾出过进士举人，后经历朝政变动，迁徙至这小小村庄，做起了樵夫渔翁，不问江山谁主浮沉。他说年少时亦有功名之意，出仕之心，最后还是做了钓翁。而这座小小山村如同晋代陶渊明笔下的桃源净土，远避秦时风烟，汉时骤雨。

"少小离家老大回，乡音无改鬓毛衰。"当年贺知章远离风流的吴越之地，去往繁华又多风多雨的京城。离家时风华正茂，归来却鬓毛疏落，风烛残年。他虽不改乡音，不忘故乡旧情旧景，只是故乡可曾认他为旧人？

"儿童相见不相识，笑问客从何处来。"小户人家的孩童于树荫下嬉戏游乐，见一执杖的白发老翁，笑问客人，来自何处，到此为何。看似浅浅的一句问候，却牵惹诗人无限的感慨。离家一去数十载，本是这里的主人，今时风雨归来，却被误为过客。

"离别家乡岁月多，近来人事半消磨。"久客伤老，虽有哀情，但见孩童嬉乐，画面生动，又觉趣味横生。那么多的岁月，都在长安消磨殆尽，余下残年，回归故里，却寻不到昨日熟悉的人情世事。

"惟有门前镜湖水，春风不改旧时波。"阔别已久的人事，早已更换，唯有故园的镜湖，数载不见，不改旧时清波。世间唯自然之景，亘古不变，无论经历多少聚散离合，它自一如既往。诗人原本感伤的心绪，亦随澄澈的镜湖慢慢平静了。

贺知章的两首《回乡偶书》，诗境天成，朴素无华，情感自然流露，毫无修饰。贺知章告老还乡已有八十六岁高龄，据说那时他因病恍惚，便上奏朝廷，求还乡里，潜心修道。唐玄宗御制诗以赠，皇太子率百官饯行。贺知章可谓是荣归故里，他受的恩宠，历史上亦是屈指可数。

贺知章一生啸游长安，往返于宫殿，深受皇恩，宦海随波。年少多才，后中状元，入仕为官，青云之路，平顺坦荡。他生性旷达豪迈，善谈笑，好饮酒，喜书法，有"清谈风流"之誉。他风流潇洒，当时贤达皆倾慕之。邂逅李白，赞其为"谪仙人也"，后成忘年交，并引荐李白给唐玄宗。

贺知章晚年放纵不羁，每日邀约诗友，饮酒赋诗，泼墨挥洒，自号"四明狂客"。他和李白吟诗畅饮，倾心相交，金龟换美酒，名扬长安。他虽官居高位，却为人纯真，一生修道，不改初心。他退隐官场，潜心修道，芒鞋竹杖，风雨平生。

若非因一场大病，贺知章也许还眷留长安，不知回返。日夜诗酒消磨，鹤发童颜，仍自洒逸狂傲。据说他入道返乡，不久后便寿终正寝，结束了漫长的一生。人生修行，莫过于此，年少轻狂，飞扬跋扈，诗酒江湖，暮年隐退，回首一生匆匆如梦，喜忧各半，荣辱尽然。

人生天地间，忽如远行客。外公一生居偏远山村，做乡野村夫，晴耕雨读。他想要的功名，在千里之外，云水之间。纵算年少追名逐利，晚年终要归隐田园，出世入世，所求的皆是内心的清远宁静。

我有闲隐之意，并无功名之心，一入尘海，过尽波涛，不知归去何处。一别故里，亦有廿载，亲朋故友，不复当年。静美年华，亦如浅薄的风，稍纵即逝。有时候，我甚至不知故乡在哪里，更不在意，归去时那些未曾相识的邻里孩童待我是主是客。

贺知章说，唯镜湖之水，不改旧时波。而我该是门庭深院那几树梅花，不改旧时姿容，花开花谢，一往情深。

第四卷 ◎ 晚年唯好静，万事不关心

一一卷大唐的风华一一

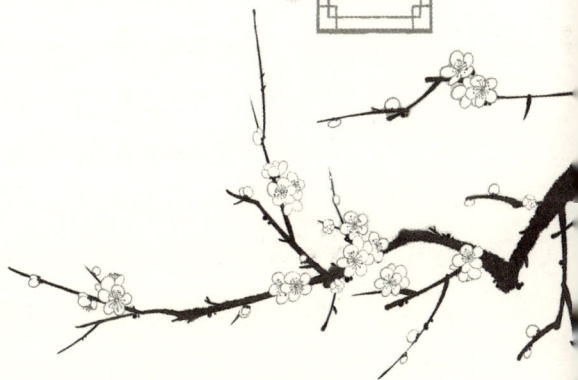

晚年唯好静，
万事不关心

《酬张少府》 王维

晚年唯好静，万事不关心。

自顾无长策，空知返旧林。

松风吹解带，山月照弹琴。

君问穷通理，渔歌入浦深。

这个春日，比往年还要匆急，仿佛看过几场花开，喝了几壶
春茶，便已至夏日。我曾说，人生真的太仓促，像是一杯闲茶，
由暖转凉，由浓至淡，片刻而已。回首从前，恰如烟云一场，悠
长得看不到尽头的岁月，果真是片刻而已。

　　江南多雨，出门一月有余，又仿佛只是几个朝夕。为寻一座庭院，一座城池，或仅仅一段缘分，一个擦肩，甚至什么都不是。归来后，庭院里草木繁盛，依旧是初时气息。这便是梅庄，简净又多姿，冷清亦安宁，没有来人，也不送行客。

　　飞花入梦，细雨若丝，无论是帘外的风景，还是屋内的静物，都成了诗料。我虽爱锦绣山河，山水田园，深林云海，却更爱散淡清欢，简约闲静。许多时候，宁愿守在一个明净角落，把最美的时光交付于一盏茶，也不肯放逐于碌碌尘寰，为名利劳心费神。

　　或许这是一个没有志向的人所说的话，却出于肺腑。多少年了，我一如往昔，简单静好，不惊于世，不屈于物。也曾为五斗米折腰，却终究清守洁净的灵魂，做当时的自己。多少侯门将相，达官显贵，都可抛掷功名，放弃江山，更何况我这凡女？

　　王维有诗："晚年唯好静，万事不关心。"这位山水禅意诗人，一生过着半官半隐、入仕出世的生活。他参禅悟理，学庄信道，精通诗书乐画，多咏山水田园。苏轼评价："味摩诘之诗，诗中有画；观摩诘之画，画中有诗。"

王维，唐朝著名诗人、画家，字摩诘，官至尚书右丞，故世称"王右丞"。他自幼才华超绝，工书画，通音律，少时便是京城王公贵族的宠儿。纵是出仕，他亦取闲暇时光，修建园林，挖湖引溪，于竹馆弹琴自娱，和诗友品茗弹唱。

也曾有政治之心，无关名利，但官场非佛堂，有钩心斗角，有争名夺利。怎及他于别院深处，吟诗作画，抚琴自吟，那般闲逸自在？王维的山水诗，神韵淡远，清冷幽邃，远离尘世，没有烟火之气，禅意悠然。

《鹿柴》云："空山不见人，但闻人语响。返景入深林，复照青苔上。"仿佛他就是空山深林处一束淡淡的斜晖，是小径山石上的一抹青苔，是一幅流动又静美的画卷。人落风景中，却超然物外，看似旷达，又隐透淡淡的寒凉。

王维的诗文一如他出仕为官的态度。其人清贵，其心高洁，其诗雅淡，于烟火浩荡的长安，他始终清新淡远，有渊明遗风。他的诗恰如他的生活，不刻意铺陈，一切自然随性，美妙空灵。

王维这首《酬张少府》是写给张九龄的。那时的张九龄遭贬，王维内心沮丧，寄诗于他，表达自己对朝政失望，愿此后归隐林泉，山水为伴。尽管后来的王维依旧在朝为官，却始终不肯融入官场，心意阑珊，于终南山修别院，礼佛食素，更见其隐士之风。

"自顾无长策，空知返旧林。松风吹解带，山月照弹琴。"自知既无高策报国，莫如归去旧日山林，松风解带，弄月弹琴。山间恬淡闲适的生活，可以令他忘记官场的纷争。他宁可安静自处，做个散淡之士，也不愿随波逐流，在繁芜的现世里迷失自己。

松风山月也通情达理，知他内心高洁美好，与他相伴相生。想当年陶潜亦曾出仕，经历浮沉，后辞去彭泽县令，写下《归去来兮辞》，隐逸田园，栽松种菊。倦鸟返巢，门庭寂静，过往的种种，竟是一场迷离的错误。今时唯愿守着几亩薄田，几畦菜地，一株松，一丛菊，安适度日。

为何人到了暮年，才知良辰美景不可蹉跎？非要将坎坷过尽，方悟禅理？人世虚幻无常，生何欢，死何悲，相逢相离皆可一笑。千古不变的，是绿水青山，是灵魂深处的静美，是不着一字的雅逸风流。自然之美，清淡又浓郁，朴素又深厚，不必修饰，物物合情合理。

"君问穷通理，渔歌入浦深。"诗人羡慕渔父，幽居江畔，不与世俗之人往来，也不问人间穷通。世事看似隐藏太多的玄妙，却又简单明了，何须询问穷通。达者之心，若碧海青天，浩荡无边，可藏万物，兼济天下；亦可渺小若尘，在自己的小园篱院，琴书自娱。

王维长居山林，绘画作诗，更喜竹馆弹琴。他的诗画曲皆清淡静谧，似那幽深竹林，皎洁明月，悠然闲淡，让人神往。多少人困于尘网，本无意争执什么，到后来，身落其间，不得离舍。人世如花开花落，生死有命，穷通亦有定，洗尘虑，修禅心，怡然闲远。

《红楼梦》里，林黛玉独爱王维的诗，不仅是诗中有画，更为诗中的自然清气，以及隐透在其间的禅机。她虽居侯门深户，却喜山水天然之境，爱庭前几竿修竹，还有满地浓淡的苔痕。"幽僻处可有人行，点苍苔白露泠泠。"大观园每日皆有热闹非凡的宴席，她则爱潇湘馆的清幽绝尘。

素日里，林黛玉也随他们一起坐宴听戏，吃酒行令，许多繁盛的场合，亦不少其身影。但黛玉最愉悦的，是大观园里结社吟诗的时光。张潮的《幽梦影》有云："所谓美人者，以花为貌，以鸟为声，以月为神，以柳为态，以玉为骨，以冰雪为肤，以秋水为姿，以诗词为心，吾无间然矣。"

而黛玉之身，毫无脂粉气，她有着诗性之美。婉约，清澈，灵秀，她有秋水之姿，明月之态，竹的高洁，诗的典雅。她的悟性不输宝钗，也不输栊翠庵修行的妙玉。奈何情字磨人，那被幽禁的灵魂，如何超脱？她深知，潇湘馆只是暂居之所，她来时无痕，走时无影。这棵绛珠仙草，来凡尘走一遭，不曾沾染丝毫的世味，又如诗一般，飘忽而去。

我亦喜读王维的诗，仿佛任何时候，皆可入境。闻风赏雨，临竹抚琴，茅檐煮茗，静坐修禅，其间的妙意，唯有隐者自知。万物有灵，静为大美，任何繁复与修饰，有一日都将被省略删去，只余俭朴与纯一。

我心素已闲，清川淡如此。王维住进了他的终南山别墅，修身养性，万事不再关心。一如我静守梅庄，佳人遗世，不问朝夕。人生百年，行万里之路，观千般风景，疏疏密密，聚聚离离，所需的，也只是茅舍一间，清茗一盏，素心一枚。

一期一会，一茶
一诗，自当珍惜

《寻陆鸿渐不遇》　皎然

移家虽带郭，野径入桑麻。

近种篱边菊，秋来未著花。

扣门无犬吠，欲去问西家。

报道山中去，归来每日斜。

　　开间茶馆吧。在某个临水的地方，不招摇，不繁闹。有一些古旧，有一些单薄，生意冷清，甚至被人遗忘。这些都不重要，只要还有那么，那么一个客人。在午后慵懒的阳光下，将一盏茶喝到无味，将一首歌听到无韵，将一本书读到无字，将一个人爱到无心。

多年前，我便说过要在江南某个临水的地方，开一间叫茶缘过客的茶坊。所为的是众生可以在一壶茶水中，洗去浮尘，得以安宁地栖息，筑一个优雅的梦。之后，我结缘过几家茶舍，亦讨过别人的茶，总能喝出不同的世味，或暖或凉，或悲或喜，又到底无法入心。

尘世知音少，我要的那盏茶，能给得起的人，真的不多。茅檐听雨，玉壶买春，仿佛是我一生最美的梦。其实我的茶馆，它一直在，在临水的居所，在幽清的梅庄。只是不被人知，非我没有大爱，流年匆急，我竟忘了该如何与世人从容相处。

当年杜甫在成都草堂写下："安得广厦千万间，大庇天下寒士俱欢颜。"我心恬淡安静，对众生虽怀悲悯，却薄弱如风，纵是一盏茶，亦等候有缘人共品。若无，宁可一人静坐花影下，焚香煮茶，与光阴相望相安。

人言黛玉孤僻，妙玉胜之。妙玉在栊翠庵修行，素日打坐喝茶，诵经听禅，简单清净。大观园里吟诗结社，吃酒行令，皆不见其身影。只是偶尔与惜春下棋，此外再少与谁有交集。可以推心置腹的，也只是栊翠庵里的几株红梅。

那日，贾母带了刘姥姥等众人去栊翠庵喝茶。妙玉是品茗的行家，对茶之水，茶之器，皆有讲究。她心性高洁，刘姥姥喝过的成窑茶杯，她弃之不用。又煮茶酬知音，取五年前在玄墓蟠香寺收得的梅花香雪，共得鬼脸青的花瓮一瓮，不舍独尝，趁此良机与人共享。

"惟雪水冬月芷之，入夏用乃绝佳。"妙玉爱茶，爱煮茶之水，爱品茶的器皿，更爱与之饮茶的人。她才华馥比仙，气质美如兰，不知好高人愈妒，过洁世同嫌。但这样一个女子，如诗如茶，其心，其情，其性，远胜高人雅士。

茶之源、具、造、器、煮、饮、事、出、略、图，这些，皆源于陆羽所著的《茶经》。陆羽为唐代著名的茶学专家，被誉为茶神、茶圣。他一生嗜茶，精于茶道，于草木中参禅，在茶汤中出尘。

陆羽自幼被遗弃，为龙盖寺住持收养，在庙宇识字煮茶。后不愿皈依佛法，落发为僧，便远离寺院，去了戏班子，做了个伶人。因其貌不扬，又有口吃，于梨园戏班难以安身。之后，便出游江南各地，品茶鉴水，吟诗论文，钻研茶事，悠然自得。

"不羡黄金罍，不羡白玉杯；不羡朝入省，不羡暮入台；千羡万羡西江水，曾向竟陵城下来。"他不羡王侯，隐居山间，寄情山水，独行乡野，采茶觅泉，闭门著述《茶经》。他因茶而隐，因茶而雅，亦因茶而闲，更因茶而静。

千年前，某个清秋时日，诗僧，亦为茶僧的皎然，去寻访好友陆羽。皎然，唐朝高僧，为南朝山水诗创始人谢灵运十世孙。他年长陆羽十余岁，二人却因茶结缘，时常聚集一处，品茗参禅，吟咏山水。皎然对佛法修为造诣很高，一生游历名山大川，尝饮千江之水，惯看世事风云。

也许，对茶的研习，皎然不及陆羽深刻，但他杯盏里的茶，更多几分空灵，几许禅意。月下读经，窗下煮茗，他将修行所悟出的茶理、茶道，与陆羽交流，使陆羽的《茶经》不仅蕴含山水之情趣，更深藏禅之意境。茶让人清醒，消解尘世烦恼，如坐云端，如临水岸，知天下所有事，亦可忘一切忧。

陆羽新隐的居所，离城不远，却也是幽静难寻。走过一片乡野小径，于桑麻丛中方能看到简净的农家小园。篱畔种满了菊花，许是因新迁而种，虽已秋至，却尚未开花。他轻叩门扉，无人应答，连犬吠之声亦无。

　　驻足片刻,于院外赏景,似闻茅舍里飘荡悠悠茶香,转而淡去。诗人眷念不舍,转身去询问屋侧的邻居,邻人回答:"山中去,归来每日斜。"邻人似对陆羽的行踪捉摸不定,只道他每日寻山问水,采茶制茶,徘徊于山野陌上,日黑兴尽,方肯归家。

　　这就是陆羽,不以尘事为念,不慕虚名浮利,有着隐士超脱的情怀和风度。而皎然对佛学、茶事之心,亦不输于他。他们亦僧亦佛,亦茶亦诗,亦游亦隐,在风流洒逸的大唐,甘愿淡泊出世,高蹈尘外,令人钦慕。

　　世人眼中遥不可及的名利场,高深莫测的禅,不过是篱院小径的一丛桑麻,檐角下的一束菊花,是一壶乡野的茶,几声犬吠,几户农家。有人用一生心血去攀附名利,有人则耗尽一生还一段情债,也有人辗转在烟火红尘不知所以,有人于古刹庙堂修行坐禅,更有人用一世辰光,只为细品一壶茶。

　　一盏茶,在商人眼中是利,在政客眼中是权,在文人眼中是闲,在僧者眼中是禅,在情人眼中是爱。万物众生,千古之事,皆落在一杯茶中。茶可以让玄妙转为朴素,将繁复转至简约,令相离的再次重逢。

秋风日暮，不知后来皎然是否在门庭外等候流连山水的陆羽？想来是等的，不为彼此间深厚的情意，也该为灯火下那一盏久违的佳茗。当年伯牙子期弦上遇知己，而皎然和陆羽则是于茶盏中推心置腹。

"一饮涤昏寐，情来朗爽满天地。再饮清我神，忽如飞雨洒轻尘。三饮便得道，何须苦心破烦恼。此物清高世莫知，世人饮酒多自欺。愁看毕卓瓮间夜，笑向陶潜篱下时。"茶，南方嘉木，宛若佳人，清淡且沉静，香气熏人，四时皆宜。

也许有一天，那间叫茶缘过客的茶坊，会落在江南江北许多有水的街巷，或是云深林幽的山间。又或者，此一生都在无人得见之所，独自煮一壶寂寞却安静的茶。

若可以，愿用一世修行，换取一段与你共饮一盏清茗的缘分。人与人之间的情缘，亦如茶，简单美好，一期一会，一茶一诗，自当珍惜。

晴耕雨读，盛世无惊

《阙题》 刘眘虚

道由白云尽，春与青溪长。

时有落花至，远随流水香。

闲门向山路，深柳读书堂。

幽映每白日，清辉照衣裳。

摘一碗盏的花，再泡一壶清茶，每个夏日，又或每一天，都在重复着一种简单的姿态。这些在别人眼中静美安好，甚至难以企及的生活，于我却是如此平实清淡。按照自己喜好的方式，过完这一生。择一山水清幽处，结庐而居，远离浮华，便是此生最好的福报。

那日读句，"愿你出走半生，归来仍是少年"，心中掠过一丝温柔，继而又这般平静，无欣喜，更无悲意。其实，每个人都要将人世沧桑过尽，那种铅华落去的平淡，更让人觉得安然。我内心虽有执念，甚至叛逆，却还是想做个婉顺的女子，每日于庭前花下，读书吃茶。

以文结缘，是心中所喜，亦为谋生。这些年，总在别人的诗句里写着仄仄平平，于别人的故事里写尽离离合合。难免心生倦意，却又成了一种模式，无可更改，亦不想更改。离了书卷，离了草木，离了最爱的这盏茶，人生又有何趣味，有何欢喜？

我的世界简净清明，无名利交错，无仙佛往来。虽处红尘，却自辟蹊径，寻求另一种淡远。稍一得空，便静坐冥思，泡一碗茶，有时在唐人的诗句里消磨光阴，有时又在宋人的词卷里洒然悠闲。又或什么都不想，看溪桥花影，白云舒卷。

以往喜宋词，清丽多情，虽有哀怨，却不锋芒毕露。近日读唐诗，更觉简静清安，多少佳句天成，妙不可言。世人不忘营营，但每个朝代，都有隐者。人文孤高，亦盼着多年孤影寒窗，有朝一日占得虚名，不负此生。而后，或潜心修行，掩门读书，或归隐林泉，出走江湖，都不觉虚度时光，不惊惧伤悲。

"道由白云尽，春与青溪长。时有落花至，远随流水香。"
我梦中的居所，又如何不是诗人笔下的幽境。都说大隐隐于市，
于喧闹中守一份简约宁静，是为大隐。我之梅庄，虽处绿芜深
处，却不免烟火迷离，素日掩门遗世，无人往来，亦可闻流水花
香，有修竹拂风，飞燕穿檐，白云踱步，明月敲窗。

古人寻幽，闲隐，尚找深山空林，涧水荒野，如此方不受外
界侵扰，避免世态浇漓。多少人处纷繁而不生浮躁，落红尘而不
沾世故，得富贵而守清贫。真正修心之地，仍是林泉隐蔽之处，
青山碧水，云烟萦绕，偶有樵夫经过，山僧往来。

山路婉转，被飘浮的白云隔断于尘境之外。仿佛走过去便是
另一方净土，无浩荡世事，也无名利争斗，更无战乱杀伐。遍地
春光，宛若青溪，流之不尽，悠长得没有尽头。花随流水，散发
着清淡的芬芳，弥漫了整座山野，令人心旷神怡。

诗人去往哪里，又所寻何人？是去拜访一位山中隐士，还是
一位失散多年的故人，抑或仅是一次美丽的路过，一段没有邀约
的相逢？"闲门向山路，深柳读书堂。"可见山间的主人，甚喜
观山戏水，量晴裁雨，他将门设于闲静的山路，是为了观山，还
是在等候有缘人？

满庭的翠柳依依枝影于春风下，曼妙生姿。而主人的书斋则掩映在柳影间，更觉清凉。他也许是一位淡泊的诗客，远僻凡尘，在此劈山置宅，植柳修庭。为避朝乱，躲世情，也或是于此修身养性，陶然忘机。

唐人常建有诗："曲径通幽处，禅房花木深。"亦是去寻幽参禅，此诗虽不落禅字，却有禅意。古人喜于深山修建宅院，素日里邀约知己一起把酒吟诗。王维在朝为官时，仍不忘闲隐，在终南山修别墅，与诗客聚集竹林，抚琴吟唱，诗酒年华。

植柳栽竹，种梅养兰，全凭主人所喜。自古隐者多心性孤高，所来寻访的客人多是知己良朋，凡夫俗子怕是入园讨碗清茶亦是不能。山中岁序闲适，不知年岁，天下之事由天下人管之，又与他何干？

"幽映每白日，清辉照衣裳。"阳光穿过柳荫，清幽的光辉透过垂枝的缝隙，落满衣裳。如此清幽静谧之所，气候怡人之季，让诗人流连忘返，不舍离去。全诗不沾情缘，唯写景致，却诗韵婉转，妙境难言。

王国维在《人间词话》里写过："一切景语，皆情语也。"

自然山水之语，清新婉转，无须言说，却胜过人间情意。古人写诗，多抒景寓情，借物传心。许多诗句，看似浅显直白，却妥帖绝妙，深抵人心。

此诗《阙题》，即缺题。想来当初诗人写此诗，必是有所交代，经时光徙转，下落不明。然诗中佳句却不因时移，似白云青溪，悠悠千古，消散不尽。诗人刘眘虚，性高逸，不慕荣利，多交游山僧道侣。而他寻访的友人，也是一位高深的隐者，雅致清洁，方会闲居山间，不问尘事。

史上对于作者的记载不多，盛唐诗人，生卒年不详。一说江东人，今考订为洪州新吴（今江西奉新）人。八岁能属文，上书，召见，拜童子郎。他"虽有文章盛名，皆流落不偶"。他与孟浩然交谊甚深，曾写诗寄之。其诗题材、意境和孟浩然之诗风颇有相似，只是淡远自然中，更多几分其独有的闲趣。

"道由白云尽，春与青溪长。"他之诗韵，以及和友人的情意，也如这千载白云，万古青溪，萦绕不息。人生是一场缘分，樵夫与琴客可为知音，王侯和渔夫可论天下，名相和凡夫可以一同归隐。千百年来，多少人追名逐利，耗尽华年，到最后，纵算坐拥山河，又难忘林泉野径。

达则兼济天下，穷则独善其身。天下纷纭浩荡，你所能做的，亦只是自身清好，又怎可与芸芸众生同哀乐，共生死？千百年来，江山易主，历史经受了多少沧桑变故，到最后，依旧是天下太平，盛世无惊。落花清溪，垂柳斜阳，没有兴亡成毁，没有炎凉恩怨，天地明朗，风日无猜。

人生难得糊涂，又何必时刻以清醒自居？纵遇无常，遭灾劫，也会坦顺走过。如梦世事，秦汉里的风景，以及唐宋里的人物，皆随残照轻烟，消逝湮灭，不复与见。

煮一壶茶，等候一位久别重逢的故人

《谷口书斋寄杨补阙》　钱起

泉壑带茅茨，云霞生薜帷。

竹怜新雨后，山爱夕阳时。

闲鹭栖常早，秋花落更迟。

家童扫萝径，昨与故人期。

　　江南雨日，若是往常，我会斜倚在榻上听雨，什么也不做，什么也不想，只贪恋这细雨清晨的美好时光。今时总惧流光催急，怕误了早春存下的那一壶新茶，怕误了庭园里每一朵花开，又怕错过了某个久未重逢的故人。

与你相逢在这清凉多雨的初夏，一如我悄然远去却美好依旧的年华。其实，我爱这初夏的清凉，爱这个季节淡雅出尘的茉莉，以及栀子花洁净沁骨的芬芳，还有雨后翠竹的雅逸，满树合欢的喜乐。

初夏，一缕擦肩而过的凉风，一帘不与人言的细雨，一段无处藏掩的心情，一席诗情画意的茶事，都让人心动不已。

每个人都有一处安放灵魂之所，或是绿植欣欣的庭院，碧波悠悠的水岸，或是山村小户，闾巷人家，哪怕一扇清幽的闲窗下，一间简陋的茅檐，都可以安身立命。内心的丰盈和满足，足以令一个清贫之士安逸无忧地度过一生。

当年，曹公著《红楼梦》，于乡野人家，陋室深处，风餐露宿，朝不保夕。但他心藏万千锦绣，文采风流洒逸，纵落魄江湖，流离市井，亦不屈不挠，书写百世文章。他可以将简约朴素的茅屋描绘成花柳繁华的大观园，亦可将粗茶淡饭化作玉粒金莼。他心中富庶，有诗有茶，无须与谁相争，更不必向世人证明什么。

人世风景，匆匆而过，没有谁能留住一朵花开的过程，珍藏四季变幻的风云。不过在有生之年，依照自己所喜，一清二白，洒然快意地活着。古人修庭理院，栽花修草，多为寄情抒怀，修养心性，庭院是他们休憩灵魂的后花园。在庭院里，煮茶弄花，赏晨光，送烟霞，看鸟雀欢唱，或闲扫芳径，等候一位相约已久的故人。

于花影下，读钱起这首《谷口书斋寄杨补阙》，恰如此时心情。"泉壑带茅茨，云霞生薜帷。竹怜新雨后，山爱夕阳时。"茅屋书斋，当是他私人居所，远离喧闹，清雅绝尘。山泉沟壑萦绕，云霞映衬，墙院的薜荔，若多彩的幔帷。雨后新竹依依，叫人无限欢喜，晚山映照夕阳的余晖，落于庭院一角，一如欲说还休的心事。

"闲鹭栖常早，秋花落更迟。家童扫萝径，昨与故人期。"白鹭悠闲，亦不慕山外无边风景，眷恋这安宁幽静的巢穴，时常早归栖宿。就连秋花也比别处更有生机，知岁序珍贵，辗转流连人间光影，迟迟不肯落幕。童子知我有故人来访，殷勤地打扫藤萝小径，而昨日相约的故人，当会如约而至，不误佳期。

人世间的情意，有缠绵的男女情爱，也有友朋之乐。和爱慕之人于花前月下私语呢喃，郎情妾意，是温暖，也是幸福。约上三五知己，在树影闲窗下，煮上一壶好茶，赏景论诗，亦为人生乐事。若尘世无所爱之人，亦无知音，便守着一株梅花，一竿翠竹，一院藤萝，一地青苔，亦有雅趣，亦为闲情。

钱起，天宝进士，曾任考功郎中，故世称钱考功，与韩翃、李端、卢纶等号称大历十才子。功名之路，平坦无波，其诗名亦盛，长于五言，文辞清丽，音律婉转。因与郎士元齐名，世称"钱郎"。人为之语曰："前有沈宋，后有钱郎。"

钱起之诗多为赠别应景，流连风景，粉饰太平之作。他的诗作风格清丽，纤巧灵秀，长于写景寄情，极少伤乱感时，批判现世。他的许多佳句，皆流淌在其故山草堂，于山中书斋。虽入仕为官，仍不失文人之雅兴，居林泉深处，爱窗前的幽竹，墙院的藤蔓。

另有一诗："谷口春残黄鸟稀，辛夷花尽杏花飞。始怜幽竹山窗下，不改清阴待我归。"可见诗人对故园草木的深情，然幽竹亦有心，痴心等候它久别而归的主人。任凭官场起伏跌宕，人情冷暖寒凉，他的庭园四季清幽。纵是花木随春而去，与时浮沉，终不改其淡泊初心。

雨后翠竹，清新可喜，山光水色，深绿红紫，赏心悦目。在此清幽雅致的书斋，打扫庭除，设宴备席，煮茗待客。而这位故人一定要如约而至，方不辜负他一番盛情厚意。看似静谧之景，却静中有动，幽而不寂，清而不冷。诗中有水云之色，花鸟情态，入景含情，亦见诗人对尘世知音的渴求。

杜甫曾居四川成都草堂，过了一段暂忘浮名，不理政事的简约朴素日子。写下："花径不曾缘客扫，蓬门今始为君开。"草堂简陋，素日里不曾为客扫过花径，柴门亦不曾为客开过，今时则扫径迎客。草堂远僻闹市，无美酒佳肴，只能备上几道寻常农家小菜，以及家中自酿的陈酒。短短几句，亦可见诗人的豁达与豪迈，虽力不从心，却浓情盛意，让人感动。

邀来邻翁，隔着篱院尽情对饮，在此山间草堂，哪管江山朝政，没有贵贱之分，富贵功名仿佛不值一提。纵是银钱万贯，隔世遥尘，亦无处享用。莫如取来清泉野味，对着明月溪山，与这渔父樵夫闲话家常。不去问锦绣河山谁主浮沉，不去想哪一年飘蓬流转，又会落入何处人家，看尽多少风云变迁。

人世知音，不分贫富，不问贵贱，只要心性相投，意趣相通。哪怕只是一个平淡的举止，简单的眼眸，只是一支曲的缘分，一盏茶的光阴，或是一樽酒的乐趣，都值得珍惜。平生最怕承诺，也怕预约，情缘如梦，来来去去不由自主。

一盘棋局，等候千年，终觅不得解棋的知己。一道谜题，寻寻觅觅，终解不开其真正的谜底。繁花万千，亦需识花多情的过客；佳茗入盏，还要那懂茶惜缘的故人。世有知音，固然可喜，推杯问盏，共赏庭院花开，繁华世态。世无知音，亦不可悲，守着寂寂空山，冰弦冷韵，也可寄心托情。

有些人，宁可一生一世不要相见，隔着山云水岸，迢遥尘海，亦可相守相知。如此也好，不必顾及别人的情绪，在意别人的冷暖，没有纠缠，便不生烦扰。有些人，只是初见，便如故交；有些人，朝暮相处，却形如陌路。一切因缘和合，皆有安排，皆有定数。

寂寥之时，便打扫庭院的花径，煮一壶清澈的好茶，等候一个心意相知的故人。他来与不来，留或不留，已然不重要。

我有一瓢酒，可以慰风尘

《简卢陟》 韦应物

可怜白雪曲，未遇知音人。恓惶戎旅下，蹉跎淮海滨。

涧树含朝雨，山鸟哢馀春。我有一瓢酒，可以慰风尘。

　　我有一瓢酒，可以慰风尘。前些时日，这两句诗风靡了网络，并且被许多才子佳人续写。所吟咏的诗句，有的风雅无边，有的寥落沧桑，有的豪迈洒然，还有的感伤悲凉。试想着，一个人走在苍茫的天地间，孤独落魄，而一壶酒足矣慰藉风尘寥落，洗尽旅途的困顿疲惫。

　　自古文人喜酒爱茶，无论是手捧诗书坐于寒窗下，还是沦落天涯，辗转山河，皆少不得一茶一酒。茶能养性，而酒能浇愁，旧时长安，酒肆如云，多少文人雅士，剑客游侠，在市井买醉，忘记归程。一壶酒，可以解忧，可以断情，可以洗去风尘，可以抚平沧桑。

曹操有诗："对酒当歌，人生几何！譬如朝露，去日苦多。"他的酒有风云之气，虽感叹流光易逝，却遮掩不住他的雄才伟略。光阴如水，日月如梭，唯对酒高歌，方能消解忧愁。他愿礼贤下士，天下英雄豪杰皆真心归顺于他，坐拥山河。人处富贵，则思清贫；得天下，则思淡泊。

李白的酒，多了一些浪漫和孤独，一种不合时宜的感叹。"花间一壶酒，独酌无相亲。举杯邀明月，对影成三人。"他是才华横溢的诗仙，是仗剑江湖的侠士，落魄在长安酒铺，也笑傲于大唐宫殿。醉后佯狂，天子唤他不早朝，杨国忠为其端砚，高力士为他脱靴。繁华散场，最后伴随他的，也只是一壶酒，一叶可以捞月的孤舟。

苏轼的酒则飘逸洒然，他饮酒高歌："明月几时有，把酒问青天。不知天上宫阙，今夕是何年？我欲乘风归去，又恐琼楼玉宇，高处不胜寒。"他说，宁可食无肉，不可居无竹，他是爱茶爱酒，也爱他的东坡肉。他一生虽宦海浮沉，却也洒脱豪迈，放逐天涯，有诗酒做伴，佳人相随。

还有那么一个女子，曾用她的词惊艳于宋朝的天空。她喜酒爱词，通音律好金石，与丈夫赵明诚恩爱情深，赌书泼茶，饮酒填词，风雅不尽。后金兵南犯，赵明诚死，她流亡飘零，晚景凄凉。"三杯两盏淡酒，怎敌他晚来风急。"那时的酒，悲戚苦闷，而她亦是瘦比黄花，再没有往日的绰约风姿。

韦应物说，我有一瓢酒，可以慰风尘。这位山水田园诗人，诗意恬淡高远，清新自然，他的一生却不是这般闲淡安逸，居官场数十载，摆脱不了功名。一入仕途，焚香闲静的时日太过短暂，观山戏水亦只是匆匆而过。

韦应物是京兆万年人。韦氏家族自汉至唐，才人迭出，衣冠鼎盛，为关中望姓之首。《旧唐书》论及韦氏家族说："议者云自唐已（以）来，氏族之盛，无逾于韦氏。其孝友词学，承庆、嗣立为最；明于音律，则万石为最；达于礼仪，则叔夏为最；史才博识，以述为最。"韦应物则是韦氏家族中，作为诗人成就最大的一位。

韦应物的诗，以五古最为精妙，语言简洁朴素，诗意自然淡
雅。因做过苏州刺史，世称"韦苏州"。直至苏州刺史届满后，
韦应物再未得到新的任命，自此清贫落魄，暂居苏州永定寺，不
久便客死他乡。那壶足以慰藉风尘的酒，亦填补不了他的孤独和
寂寞。

"可怜白雪曲，未遇知音人。恓惶戎旅下，蹉跎淮海滨。"
自古文人皆清高冷傲，落于尘网，寄身人海，总感叹世无知音。
此刻的诗人，抚奏高雅之曲，却遇不到听得懂琴音的知己。他在
寂寥又忙碌的旅途中，虚度光阴。若此时得遇一知心，伴他漫漫
行途，与他饮酒对诗，纵是耗时费景，又有何妨？

"涧树含朝雨，山鸟哢馀春。我有一瓢酒，可以慰风尘。"
草木犹沾晨露，残余的春色，仍闻得山鸟鸣叫，人生虽不称意，
自然山水却有心。尘世奔走，既无知音，亦无佳人做伴，唯有一
壶酒，可以安抚旅程的劳顿，慰他风尘漂泊。

"春潮带雨晚来急，野渡无人舟自横。"他的人生，一如他
的诗，有一种天地寥廓的苍茫与远思。他虽困于官场，却独爱山
水田园，他或许失意潦倒过，却离不开诗酒。他的酒有淡泊超
远，也有孤寂低沉，他的酒可以涤荡人世风尘，却洗不尽岁月沧

桑。又或许他亦有理不开的情丝，酒入愁肠，化作相思泪。

"人生如寄，多忧何为？今我不乐，岁月如驰。"人生如寄，又终有所寄，或寄于情爱，或寄于名利，又或仅仅只是寄于薄弱的光阴。我们都是陌上客，舟中人，看山看水看花看月，终脱不了碌碌凡尘。所有的愁惧苦闷，有一日，都会随辰光一起消散，那时候，留下来的又会是些什么？

坐拥江山，不及坐拥山水那般洒脱自在；享用富贵，不及享用风月那般逍遥快意。人生苦短，寸阴皆值得珍惜，亦可随意挥霍。有人不慕功名，愿做散淡闲人，一生寄傲山水，饮酒自乐。竹林七贤与陶渊明的酒，则在竹林深处，东篱南山，他们虽在酒中沉醉，却一直清醒着。

这世上有解忧酒，也有名利酒，有相思酒，也有断情酒。都说如鱼饮水，冷暖自知，酒亦如此，一壶佳酿，可慰风尘，也许更添惆怅。有人饮下，千古情愁尽消，有人饮下，则心碎断肠。

"滚滚长江东逝水，浪花淘尽英雄。是非成败转头空。青山依旧在，几度夕阳红。白发渔樵江渚上，惯看秋月春风。一壶浊酒喜相逢。古今多少事，都付笑谈中！"最喜《三国演义》开篇

《临江仙》。词句豪迈悲壮，深沉清远，仿佛诉尽了千古成败兴亡，爱恨情怨。一世追名逐利，机关算尽，到最后，也不过成了渔樵闲话，抵不了一壶浊酒。

我有酒，你有故事吗？其实每个人都有故事，只是许多故事，连同历史被湮没在尘埃里，不为人知。又或许宁愿将所有的故事藏在一壶酒中，也不轻易与谁交换心事，吐露衷肠。酒是喧闹的，也是寂寞的，你倾尽杯盏，也未必能遇见今生那个值得珍惜的人。

我有一瓢酒，足以慰风尘。可怜白雪曲，未遇知音人。

山南水北，此生相逢无期

《商山早行》　温庭筠

晨起动征铎，客行悲故乡。

鸡声茅店月，人迹板桥霜。

槲叶落山路，枳花明驿墙。

因思杜陵梦，凫雁满回塘。

　　晨起，打理庭园花草，焚香煮茗，满室芬芳，仿佛读一册
《花间集》。其间有闺情，有艳意，婉转中带一些直白，欣然中
又有一些愁思。这看似雅致闲淡的日子却是用过往迁徙流转所交
换的。其实，人生所做之事，亦皆为尘俗之事，古来多少诗者词
客，一生风花雪月，文人情怀，最后都抵不过粗茶淡饭的简净

164

生活。

幼时所愿，是远离民间村落，涉水跋山，去探看天下世界，山河风景。晓行暮宿，山回溪转，披星戴月，也曾寄身于柴门人家，茅檐驿站，所为的，只是在某个喜爱的城市寻一处居所，可以安放寂寞的灵魂。存一点诗情，染几许烟火，诉几段离殇。

岳飞说："白首为功名。"旧时游子远离故土，多为求取功名，奔走于古道驿外，怅然于京华。更有胸怀大志的英雄，驰骋无穷天地，指点江山，留下多少慷慨悲歌。我们皆是光阴之过客，无论你是安居现世，还是行走江湖，一生皆在寻找心灵的故土。

恃才傲物，是文人通病。稍得机会，便"天子呼来不上船，自称臣是酒中仙"；稍有气势，便"乘风破浪会有时，直挂云帆济沧海"。这亦是文人的傲骨，于红尘浊世，守着清品，不与凡俗为伍，是一种情操。

有着如此高洁情操，便不肯摧眉折腰，不会趋炎附势，视虚名浮利为烟云。然而，这般素净情怀，让心中灵思化作汹涌笔墨，却不免抵触权贵，惹人嫌弃。文人背后隐藏的故事并不多，无非是不与世争的酸楚，不入俗流的骄傲。这一切本习以为常，只是人生在世，到底有所求，有所争，多少文人高才如许，不得施展，内心终难平息。

怀才不遇者，时常写文讥讽权贵，著诗寄志。温庭筠是花间派词人，他不仅善词，亦善诗。诗与李商隐齐名，世谓"温李"；词与韦庄齐名，世谓"温韦"。才思敏捷与否，亦是古代评判才力的标准之一，"倚马可待""七步成诗"都是高才的光环。

而温庭筠每次入试，八叉手而成八韵，得了"温八叉"之名。然他因恃才不羁，触恼权贵，屡试不第，终生不得志，落魄潦倒。他本出身没落贵族家庭，惯看物是人非，尘寰消长，对世事亦怀消极之态。他沉湎于声色之中，所填之词多为红香翠软，艳丽之风，弥漫于晚唐的天空。

王国维在《人间词话》中提到：温飞卿之词，句秀也。温韦之精艳，所以不如正中者，意境有深浅也。温庭筠的诗又是另一番风骨，另一种情调。

这首《商山早行》，写的是羁旅之愁，有困顿，有失意，有无奈，也有孤寂与悲苦。此诗该是他离开长安，奔赴襄阳，经过商山之时所作。这时的温庭筠，经半生颠沛流离，未遂鸿鹄志，未饮长江水，甚至连个正经出身都没。

到了这年岁，本该归去山林或田园，做个闲人，一张琴，一壶酒，一溪云。然迫于生计，温庭筠只好去投靠别人，做个小官。如此身份，与当初讽刺权贵，才比天高，似有天渊之别。人的一生沉浮有定，却又一直在茫茫世海挣扎，力图颖悟超脱。但世事难全，最后多是妥协，往日的豪情壮士一去不复返，剩下的唯有顺应天命。

"晨起动征铎，客行悲故乡。"古人行路，皆是赶早先行，未暮先宿，只因路途之上多是荒无人烟之所。若赶不上茅舍驿站，即要栖身山林，或寄于荒野。晨起，车马急促的铃声惊醒了行客未醒之梦，而他们又要踏上飞尘，开始新的征程。

苍茫天地，有些行客甚至不知该去往何处，归去何乡。山长水远，一路奔赴，内心所思的，依旧是千里之外的故乡，是梦了千百回的亲人。依稀记得小窗幽梦，慈母绾着针线，织就游子身上衣。年轻的妻子对镜梳妆，今时已是红颜老去，而他始终流离于外，不得归乡。思乡之气，思亲之痛，越悲越浓。

"鸡声茅店月，人迹板桥霜。"远处鸡鸣声声，催促着远行的旅人。残月依稀，透过茅店的窗台，洒落一点寒辉入室，照着旅人的衣衫，是慰藉，也是叹息。足迹斑驳，木板桥上，覆盖着早春的寒霜，零落苍凉的印象。

这世间奔走流离，迫于出走故里的，又何止你一人？多少人于忧患惊惧中求生存，他们所要的，不是荣华富贵，仅仅只是一茶一饭的简约生活。人世之事，虽说都是好的，却又九曲回肠，不尽人意。似这茅店晓月，板桥寒霜，终要消逝湮灭，不留痕迹。

"槲叶落山路，枳花明驿墙。因思杜陵梦，凫雁满回塘。"槲叶枯败，落满了荒山野径，淡白的枳花绽放于驿站的墙院上，寒冬犹在，春风未浓，更添萧索。回念昨夜梦回杜陵，寻步春光，河塘水暖，凫雁成群，这一切皆被鸡啼惊扰，客醒梦断，愁思绵延。

温庭筠虽是山西人，但久居杜陵，已视之为故乡。科场失意，年近五十再为生计出任一小小县尉，心中自是百感交集。梦里春风亭园，浅吟低唱，多少诗情画意，成了当下的委曲求全。他的困惑迷惘，冷暖交织，唯有自知。

旅思，是霜林寒山，斜阳低垂的行处；是画角城头，唯伴病马的忧愁。试想，一人一马，孤单地行过江湖，路无相识，是何等悲凉况味。今时的你我，往来奔走于人世阡陌，皆被繁华占据，不能体会当年荒林郊野的寒凉，亦无法感知那时鱼雁寄心的温情。

数载别离，几行墨书，半篇心语，即知苦乐悲欢，起落生死。更何况是匆匆旅行间那些藏于内心深处，无法传达的消息。从幼时的离乡，求学异地，之后为生计奔走，到当下的暂将身寄。回首匆匆，世景荡荡，多少败落虚空，多少心事沉沉，是人世的苦难，亦为庄严。

又或许，今时的旅途是一种快乐和消遣。放下万千俗事，不理人间是非，来一场说走就走的旅行。千里之遥，山南水北，只消一盏茶的时光。去自己所喜的城市，与自己所爱的人相逢，不过刹那光景。而古代，有些城一生只去一次，便无重聚之日；有些人一生只遇一回，便再逢无期。

在遥遥无期的岁月里，求现世安稳，是一种执念。但此生纵世事荒芜，人心恍惚，命运叵测，亦不生哀意，亦觉美好。

曲径通幽处，
禅房花木深

《题破山寺后禅院》　常建

清晨入古寺，初日照高林。

曲径通幽处，禅房花木深。

山光悦鸟性，潭影空人心。

万籁此俱寂，但余钟磬音。

　　有一段时日，我眼中万物皆有佛性，皆有禅意。庭园的草木，屋舍的摆设，一花一茶，一水一尘，以及门外熙攘的人群，纷纭的世态，皆是禅。禅的世界，当是简洁明净，不受惊扰，一枝一叶都清朗通透，清淡却不浅薄，自然而不浮华。

禅是一种境界，尝过了世味，经历了浮沉，内心如洗，不受
纷扰，从容无争。禅是放下，也是舍得，是静好，更是淡定。禅
与繁华无关，清简的日子，见其风骨。一间竹舍，一角茅檐，一
壶春水，一枚落叶，皆是禅。

这些年也曾走过无数名山古刹，邂逅许多隐士僧者。亦去往
一些不知名的幽深寺院，与梦过千百回的风景重逢。若说红尘
万千，还有什么值得依恋的，大概就是山水草木，以及一些植于
灵魂深处的静谧。

俗世中亦有许多人爱上禅意的生活。偷得浮生半日闲，不理
纷芜的世事，于简净的屋舍里焚香煮茶，静坐修行。内心平静，
无名利贪嗔，无执念烦扰，无愁惧哀伤，不论窗外风雨琳琅，山
河浮沉起落，只在属于自己的安静角落，清守禅的宁静。

若说光阴无情，是因你在意它的稍纵即逝，在意它的迷离变
幻。时光不言，在禅的境界里，草木不生不灭，浮云无来无往，
尘世一切，大美皆安。行途中所遇见的风景，所发生的故事，都
可以不问情由，无谓沧桑。而后想着，且以自己喜爱的方式过一
生，如此是大慈，亦为大悲。

"曲径通幽处，禅房花木深。"这两句来自遥远唐朝的禅诗，恰合当下的情境。午后，枕书而眠，好梦如烟。醒来徘徊不去的，是窗外浮动的光影，是人间未尽的芳菲。这个春天走得有些仓促，繁盛的绿荫，让人感知到夏日的浓郁。

以往亦知夏日的好，在每个清凉晨起时，以及明净午后，幽径之处，深藏着华丽。院内，有满庭攀爬的蔷薇，许多生生不息的植物，有凡鸟鸣虫，更有掩映在未知角落里的禅意。比如檐角下的一缕风，墙院下一枝横斜的影，转角处的一枚落叶，或是一湖静止无波的水。

当年诗人常建清晨登山，入兴福寺，看耸立的高林沐浴在和暖的晨光中。过竹林幽径，花木深处，是清净无尘的禅房。佛门之境，有鸟儿欢唱，有碧潭清流，万物岑寂，唯留梵音袅袅，洗去内心一切浮尘与俗念。

唐人殷璠对常建诗评论道："建诗似初发通庄，却寻野径，百里之外，方归大道。所以其旨远，其兴僻，佳句辄来，唯论意表。"历代山水诗，皆是风格高雅清隽，诗人的情境，有绝妙，也有平淡。语言构思上，可朴素简约，也可含蓄婉转，一切妙处皆在于诗人的修行与造诣。

这个叫常建的诗人，据说生于长安，开元十五年（727年）与王昌龄同榜进士。然一生仕途沉沦失意，来往山水名胜，漫游古刹庙堂。后隐居鄂渚，过着清寂闲散的生活。其诗自然洗练，其心卓然不凡，只是大唐的诗人灿若星辰，他不过是其间闪烁的一颗。

其最为著名的便是这首《题破山寺后禅院》。此诗景物清幽，意境深邃，诗人亦心性超然，于禅的光影中，淡出尘外。他也曾往返于仕途宦海，经历诸多不如意，此番游览更令他对世间清远之境追求。或钟情于山水，或清修于禅院，或隐于花木深处，游走于竹林径里，皆是一种旷达，是欢喜。

常建的诗多以山林、寺观为题材，可见其内心不喜繁华纷争，向往安宁平静。官场里的风云变幻，怎及山水清欢？红尘中萦绕的烟火，又怎及寺庙的檀香幽幽？万物终有一日归于尘泥，但此刻它们真实地存在，不因人世增减，不以时光生灭。

人在自然中，最是清白通透，于山水中参禅，远胜过处身于乱世浮烟。众生皆有佛性，有人悟得早些，有些悟得迟些。佛缘本无深浅，一切在于个人造化，万物虽是虚幻，却又与人相亲。你花费一生的光阴去追逐名利，到最后，想要的只是一茶一饭的清淡生活。

想来诗人了悟尚早，否则，他又怎会及时避身官场，移家深隐？茫茫尘海，无真正的安身之所，内心的宁和，需要一片清逸的净土。大唐的星空璀璨迷离，万象纵横，多少人为争名利，耗尽心神。仕途之路亦是荆棘丛生，更有艰难险阻，而修禅之路则明净高远，淡然无尘。

闲隐的岁月，可以不争朝夕，不管聚离。凡尘的恩怨是非，抵不过禅境里的一花一木，故人生走到尽头，是清醒，是简单，更是纯粹。世间事唯有经历了，才能真正通透，但要放下执念，则需历千灾百劫，遇沉浮起落。

倘若没有这首禅意悠然的诗，也许常建这个名字会被掩埋在大唐某个平淡的角落，无人知晓。但那些曾经风云于历史天空的响亮人物，到后来也不过是葬于斜阳陌上，黄土垄中。来往的皆是过客，与其匆匆地等候落幕，不如以缓慢的姿态悠闲地过完此生。

无论此时的你于尘世中是怎样一个角色，知不知名，有一日都会淡出人间，了无痕迹。千古之名，恰如烟火，虽生则灭，虽荣犹枯。他于仕途失意，于禅意却超然，他的人生无须繁花似锦，一山一水足矣。

我一生爱茶，爱山水，爱草木，爱闲静。不追名逐利，更无任何贪念之心，只愿安然于世，岁月无惊。倘若还有什么放不下，也只是一庭园的花木，一溪云，一席月，一帘雨，以及一段前世遗留下来的未了情。

若可以，我愿此心纯然，在禅意中寻求最后的归依和宁静。那些打我身边擦肩而过的人，无论缘深缘浅，欠或不欠，以后再不要相遇。

请许我守着一间落满青苔的小院，煮一壶没有人情与世味的老茶，平淡安静地过完一生。许我在一卷唐诗或一阕宋词的背景里，从容地走过寂寞又安适的流年。

第五卷 ◎ 海上生明月，天涯共此时

一卷大唐的风华

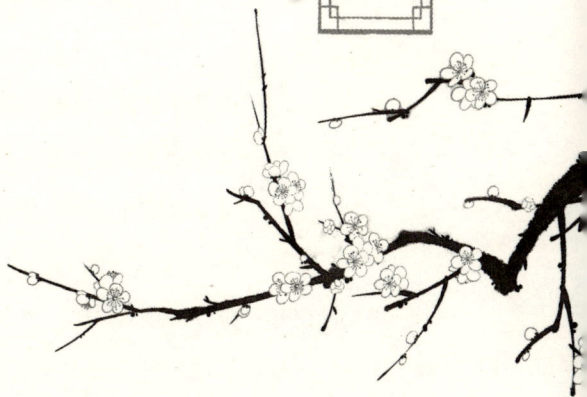

茶烟日色，
时光迢递已千年

《春宫怨》　杜荀鹤

早被婵娟误，欲妆临镜慵。

承恩不在貌，教妾若为容。

风暖鸟声碎，日高花影重。

年年越溪女，相忆采芙蓉。

　　唐人杜荀鹤有诗"风暖鸟声碎，日高花影重"，读此佳句，
瞬间令人心旷神怡。恍若置于春风丽日之下，闻轻碎鸟声，看层
叠花影。这样的风景落朴素民间，端然喜气，落深宫高墙，纵是
美景良辰，终少了几分清新，多了几许哀怨。

后来，觉得人间最美的风景都在山野凡间。比如此刻于栀子花的花影下泡一壶茶，瞬间觉得乡野之气弥漫，沁心怡然，烦恼尽消。让你如临深山，于云烟雾绕之境，感受人世的清雅静美，岁月之朴实无华。

最喜山村茶烟日色，好时光迢递千年，而属于我们的却是短短数载光阴。燕子年年来堂前筑巢，江南多雨，瓦檐上始终那般洁净。墙院的新竹总有魏晋风骨，让人流连。日子简约，廉洁清好，燕语虫鸣，亦是天然妙韵，惊动人心。

《诗经》里有静女其姝，外婆在茉莉花下穿针引线，便是那里的静女。外公读《史记》《易经》，也知晓书中的世运天数不可逆转。他同我这般，更喜唐宋的诗风词雨，知礼而不拘泥，华丽而不轻薄，婉转而不柔弱。

我则是山村里的小小浣女，拂晓而出，清晨自竹林而归。而后再邀约邻女，于水畔池边采莲，绿罗裙似那荷叶，脸若芙蓉，三五一群，小舟缓缓，笑语连连。寻得并蒂，争相采撷，花影摇落，粼粼波光，映衬着采莲女婀娜的姿态，姣好的容颜。

读过许多宫怨诗，杜荀鹤这首《春宫怨》意境奇妙传神，耐人寻味。作者代宫人抒怨，哀婵娟悲贤才，自叹无人赏识，不受重用。文人望君门，有如万里之遥，而宫女处高墙内，受尽寂寞熬煎。

"早被婵娟误，欲妆临镜慵。"她本是农家之女，只因生于江南温婉之地，容貌清丽，美艳脱俗，被选入宫中。一朝得宠，冠绝后宫，恩泽不尽，随之而来的是消遣不去的烦忧与争斗。她对着铜镜顾影自怜，本想着趁这春日好时光打扮妆容，但知美貌误人，不免迟疑，懒于梳妆。

曾有感慨："今日在长门，从来不如丑。"相信任何一个女子都期待能够生得貌美如花，丽质天然。女为悦己者容，若只因貌美而入选宫中，又不被帝王宠幸，亦只是一种简单的摆设。莫如当初平凡，如此则居于小院农家，嫁个凡夫，过寻常男耕女织的朴素生活，好过年深日久，年老色衰，孤独终老。

"承恩不在貌，教妾若为容。"承蒙君王的宠爱，并不都凭容貌，既做不到献媚邀宠，钩心斗角，纵是精心妆饰又有何用？自古多少后宫嫔妃，得君王荣宠，有些凭借家族的势力，有些依靠个人的聪慧与姿容，但若不献媚使计，这恩宠终不得长久。许多宫人纵有幸承恩，其情亦短如春露，化作泡影。

古来多少帝王，唯美人与江山不可辜负。也许他可以为美人而忽略江山，但真到了取舍之时，宁负美人亦不弃江山。唐明皇李隆基，南唐后主李煜，清顺治帝福临，都是多情专情的帝王，但最后不仅负了美人，更误了江山。他之多情，又必然无情，想来后宫三千佳丽，多的是一入宫门误终生。

画堂深院，淡扫蛾眉，只为有朝一日得遇君王。哪怕只是一个简单的擦肩，哪怕不曾换取他的一次回眸，哪怕只低头打他身边走过，感受一丝他的王气，亦不算白来一遭。但这一切对于一个平凡的宫女来说是一生的缺憾，一世的悲寂。

"风暖鸟声碎，日高花影重。"春风骀荡，日丽风和，鸟语低碎，花影摇曳。如此美景良辰，亮丽春光，消遣不去内心的寂寞空虚。梦回芳草依依，天涯路远，何处是归程？若此生归处是这宫门深墙，又为何入宫经年，毫无机遇？姣好的容颜，终有一日会随着春花消逝，那时候又依靠什么去得到君王的恩宠？

"年年越溪女，相忆采芙蓉。"哀叹之余，总会想起少时乡间的女伴，回首当年泛舟采莲的欢快。多少欢声笑语，化作无人收拾的叹息。越溪，在浙江绍兴，为当年西施浣纱之所，此处则指宫女的故乡。她思乡了，若非貌美，她亦同邻伴一样，嫁与村夫，日子虽清苦，胜于独守这无涯的寂寥。

想当年，苎萝村里，郑旦和西施，若非她们绝色，亦不会随了范蠡去越国，之后更不会辗转至吴国。她们会在苎萝村做一辈子的浣纱女，无冷艳与轻愁，平凡简单地过一生。她们被献给了勾践，又带着使命去寻找吴王夫差，做了政治的棋子。

她们的宿命因美貌而改变，若当年范蠡打苎萝村走过，她们姿色平平，便不会有后来的故事。终其一生居于乡野山村，浣纱采莲，朴素静美。而诗人笔下的官人，又何尝不是如她们那般，被姿容所误？既然不懂倾轧争夺，就安心在深墙花影下，孤独终老。

诗人杜荀鹤，字彦之，自号九华山人。他出身贫寒，多次上长安应考，不第还山，自此一入烟萝十五年，过着"文章甘世薄，耕种喜山肥"的生活。曾以诗颂朱温，后朱温取唐建梁，任以翰林学士，不久患重疾而亡。

杜荀鹤一生以诗为业，曾说："乍可百年无称意，难教一日不吟诗。"其诗语言朴素，风格清新，多写唐末战乱下的社会矛盾与民众的悲惨命运，亦擅长写宫词。他才华横溢，但壮志难酬，于诗坛亦算享有盛名。

《六一诗话》："唐之晚年，诗人无复李、杜豪放之格，然亦务以精意相高。如周朴者，构思尤艰，每有所得，必极其雕琢，故时人称朴诗'月锻季炼，未及成篇，已播人口'。其名重当时如此，而今不复传矣。余少时犹见其集，其句有云'风暖鸟声碎，日高花影重'，又云'晓来山鸟闹，雨过杏花稀'，诚佳句也。"

他之心意，之境况，恰如深宫之女子。她是如花美眷，他为读书君子，皆不被帝王赏识。虽是晚唐衰世，但花枝繁茂，风暖细碎，尘世万千风景，何等妙意，不因世移，不因岁改。她错在花容月貌，他错在倾世之才，但凡不得施展的，皆因此误了终身。

天地一沙鸥，余生唯寄江海

《旅夜书怀》 杜甫

细草微风岸，危樯独夜舟。

星垂平野阔，月涌大江流。

名岂文章著，官应老病休。

飘飘何所似，天地一沙鸥。

　　雨落一天，情绪不高，不是悲，也没有哀，更没有怨恨。这样的情绪，时常会有，在某个清寂冷落的黄昏，某个风雨琳琅之夜，独坐时，甚至于喧闹的人群中。想起那首歌："倘若我心中的山水，你眼中都看到，我便一步一莲花祈祷。"

　　每个人心中都有别人看不见的山水。文人的山水，是春风秋月，婉转诗情；政客的山水，是江山社稷，天下苍生；茶者琴客的山水，是激滟茶汤，丝竹清音；而凡人众生的山水，则是柴米油盐，悲欢离合。

　　浮生若草，帝王将相，百姓平民，自可一视同仁。也许他们拥有不同的过程，或精彩璀璨，或平淡无奇，但他们的结局如出一辙，没有贵贱。人生在世，做自己力所能及之事，寻一处可以栖息心灵之所，安静修行，平凡度日，乃智者所为，仁者之思。

　　想起杜工部之句："江村独归处，寂寞养残生。"又想起王维之诗："晚年唯好静，万事不关心。"亦想起李白之句："夫天地者，万物之逆旅。光阴者，百代之过客。而浮生若梦，为欢几何？"这些文辞都是经历过世事变迁、人情冷暖所流露出的真实心境。

　　杜工部在我心里是一个心系苍生、忧国忧民之士。他也曾有过"白日放歌须纵酒，青春作伴好还乡"的年少轻狂。但其心到底沉郁，一生碌碌奔走，飘蓬流转，没有停留。就算隐于草堂那几年，亦不断忧国之心，写着："安得广厦千万间，大庇天下寒士俱欢颜。"

他不及王维心性淡泊，一生信佛，写山水禅意之诗；也无李白飘逸洒脱，虽也是功名难取，仕途失意，却仗剑天涯，诗酒人生。他此生无论行至何处，又或是自身命运如何坎坷，仕途如何不顺，终无时无刻不忧国忧民。

他一生所写诗句千余篇，流传于世的甚多，作品多是涉及朝政动荡，关心民生疾苦，揭露社会黑暗。其人格高尚，诗艺精湛，落笔沉郁苍凉，浑然厚重。后人对杜甫其人其诗做出如此评价："世上疮痍，诗中圣哲；民间疾苦，笔底波澜。"

杜甫生于一个世代"奉儒守官"的家庭，家学渊博。其生活背景却是唐朝由盛转衰时期。其少时家境优越，过着安稳富足的日子，自小聪慧敏捷，七岁能作诗，"七龄思即壮，开口咏凤凰"。有志于"致君尧舜上，再使风俗淳"。

他为展心中抱负，实现政治理想，参加科举不中，从此客居长安十年，奔走献赋，清贫潦倒。后终得机遇，受玄宗赏识，几度辗转，被授予河西尉这样的小官。只是才情傲世的杜甫，又怎肯屈于这个渺小无用的官职。"不作河西尉，凄凉为折腰。"

安史之乱，潼关失守，玄宗仓皇西逃。太子李亨即位于灵武，是为肃宗。杜甫亦随战乱流离，不幸被叛军俘虏，押至长安。虽官小低微，不被囚禁，但其内心却忧惧民生疾苦，苍凉无措。

为避战乱，杜甫携家入蜀，转至成都。后在友人的帮助下，于成都西郊的浣花溪畔修筑草堂。浣花溪畔，风景如画，远离京都，不见战乱烟火。杜甫携着老妻稚子，于茅屋过着清淡朴素的田园生活。尽管他心底依旧不忘天下万民，但漂泊多年的他亦享受着家人相聚，悠然恬淡的静好日子。

后严武病逝，杜甫于成都失去了依靠，无奈之下，又携家眷离开成都，乘舟流落荆、湘等地。这首《旅夜书怀》便是其旅途流转，夜泊江边所著。其心若寥廓无垠的夜空那般孤独无助，又似江流一样波涛汹涌，仕途的失意，让他生出无依的感伤。

"细草微风岸，危樯独夜舟。星垂平野阔，月涌大江流。"江岸的细草在微风中摇摆，小船于清凉的月夜孤独地停泊着。星光低垂，平野宽阔；月随波涌，大江东流。无论人世如何变迁，大自然始终纯净如初，平静地交替往来，不为千古过客停步，更不为谁改朝换主。

"名岂文章著，官应老病休。飘飘何所似，天地一沙鸥。"
他本怀着远大宏伟的政治抱负，愿受朝廷重用，解万民之忧，但
半世辗转，终落魄潦倒。今时竟因文章而有了盛名，然这名气，
并非他所要。年老多病，本该休官归隐，守着妻儿，寻个小小宅
院，平淡度日。但此番江湖徙转，何处寻得归宿，栖息这碌碌
之身。

水天空寂，人似沙鸥，甚至不及沙鸥那般自在无拘，纵是飘
零，亦不必与人言说。杜甫休官，真的老病缠身吗？他休官，是
因官职低微，遭遇排挤，他一生政治失意，尝尽风尘，除了他的
诗名，再无可傲之事。

寂寥旷野，璀璨星河，若人生得意，自可在温柔月色下诗酒
吟唱，洒脱逍遥。但天地苍茫，他竟如沙鸥，无所依存，无处藏
身。这一叶孤舟，送英雄也送美人，送成者也送败将，它经历浪
淘，不惧沉浮，只是下一个港湾又将在哪里？

景生情，情生景，人生虽如寄，若心存景象万千，安稳无
争，自不败于岁月，不输于山河。杜甫的沉闷忧愁，孤苦零落，
皆因仕途而起。只是那个诗风鼎盛，人才拥挤的大唐，又有多少
名士被掩埋，一生困顿湖海，不为人知？他亦只是万千庸庸行人

里幸运的一个。

宋人苏东坡有词："长恨此身非我有，何时忘却营营？夜阑风静縠纹平。小舟从此逝，江海寄余生。"他亦是高才雅量，不合时宜，宦海沉浮，幸运的是，一世佳人做伴，诗酒风流。

杜工部一生江舟漂浪，没有停留，最后又在战乱中逃亡。或许这就是三生石上所说的因果。山河在，草木深，感花落泪，鸟雀惊心。他的来与去，生与死，成和败，并不能惊扰天地，而苍生万民循着自己的人生轨迹缓缓而行，依旧如常。

飘飘何所似，天地一沙鸥。千年过去了，他是否依旧漂流在江舟之上，或是已经归去他的成都草堂，和旧友严武谈笑于篱前？老妻在炉边温着酒，稚子倚着栏杆垂钓，柴门虚掩，邻翁执杖而来，自带一壶佳酿，与君同饮，醉里话桑麻。

人间芳菲已尽，我还在，你可安好？

慈母手中线，
游子身上衣

《游子吟》 孟郊

慈母手中线，游子身上衣。

临行密密缝，意恐迟迟归。

谁言寸草心，报得三春晖！

春风生凉，窗外疏淡灯影下依稀看见老树新芽，枝叶繁花。这些年，总认他乡作故乡。草木无心，却有情有灵，它伴你四季流转，不求果报。始终认为，每个人都是一株树，今生无论你浪迹何方，总会有一株植物，收藏你的灵魂，护佑你平安。

母亲亦是一棵树，年年岁岁守着故园的风景，日夜企盼远行的儿女归来。古人说："父母在，不远游，游必有方。"人世飘忽，多少人背着行囊漂泊于天南地北，又怎知何处可以停留，何处又是归所。一如我当年执意离开故里，来到江南，亦不知到底会安置于哪个城市，寄身于何处屋檐。

年少时，母亲曾请算命术士给我批过命，说我此生注定远离故土，必将得遇贵人。其意为，我不适合安于旧宅深庭，做不了寻常的烟火女子，乱世红尘是我的修行道场。古语云："莫问前程凶吉，但求落幕无悔。"我坦然接受了命运的安排，并用十年流离，妥善地安排好自己。

十余年，我将自己沉浸于诗书琴茶以及江南山温水软的风景里，淡漠了亲情，冷落了父母。天地悠悠，多少迷惘困惑，苦难灾劫，一个人到底走过去了。每逢归家，对母亲亦是诉喜不诉忧，将远行的伤愁和别怨深藏于心，轻描淡写地说起自己所历之事，以及种种美好的际遇。

白发苍颜的母亲总会问："你在外，也会想家吧？"而我总漫不经心地回道："偶尔会想，只要你们平安就好。"看着母亲老去的容颜，新生的白发，以及神情里流露出难以掩饰的悲伤，我心亦觉苍凉。只是，光阴不能复返，当下的生活虽安逸，却摆脱不了命定的孤独。

　　昨夜梦里，见母亲在幽淡的煤油灯下低眉缝补旧裳，一针一线，皆是情意，皆是企盼。那时，卧房里两扇雕花的木窗是我见过最美的风景。因为我总能透过它，看到纷飞的雨雪，以及瓦当洒落下的晴光。而母亲后来也是透过这扇老窗，等候我和远在外地求学的兄长。

　　此时灯影下翻看唐诗，诵读《游子吟》，甚觉酸楚，忍不住泪流。"慈母手中线，游子身上衣。临行密密缝，意恐迟迟归。谁言寸草心，报得三春晖！"朴素清淡的语言，毫无华丽修饰，却流畅生动，情真意切，千百年来不知拨动了多少游子善感的心弦。

　　诗人孟郊两试不第，四十六岁时才中进士，曾任溧阳县尉。仕途失意，官场冷落，让他不得舒展抱负，故心意阑珊，从此放纵林泉，徘徊诗海。他的前半生皆在漂泊流离中度过，贫困无依，潦倒江湖，后听从母命方博取功名，但官职低微，依旧困顿踌躇。

　　"一生空吟诗，不觉成白头。"他一生际遇坎坷，一生飘荡，一生苦吟。他的诗多是语浅情深，有愁苦却不悲戚。最为打动人心，令人感动的，当是这首《游子吟》。诗人尝尽炎凉世态，看罢宦海沉波，更觉亲情可贵。

那时年少，背着行囊，浪迹萍踪，唯一珍贵的便是母亲缝制的衣衫。一针一线，细细密密，为怕儿子迟迟难归，故缝制得更加绵密。看似平凡的针线，却维系着母亲千丝万缕的挂念和期待，以及担忧和祝福。游子漂泊在外，风餐露宿，温暖他的，亦只是慈母亲制的衣衫。

母亲为儿子缝衣制鞋，本是生活中寻常之事，奈何这朴素自然的感情，更是亲切细腻，动人心肠。没有华美的辞章，无须锦句雕琢，淳朴素淡的语言，尽显浓郁深情的诗味。苏轼《读孟郊诗》："诗从肺腑出，出辄愁肺腑。"无论是诗或词，文者之心，皆是委婉真挚，唯发自肺腑的文字，才能经久不息，为后世传诵。

"谁言寸草心，报得三春晖！"是啊，薄弱的孝心，如同微风中的小草，如何能回报春晖的恩泽，报答慈母的深情。孟郊只是万千游子中平凡的一个，他所诉说的，又何尝不是万千游子的心？母爱之伟大，浩荡如天，如何回报，都渺小若尘，微不足道。但世上所有母亲的付出，都是无私的，何曾图过报答？

"昔孟母，择邻处。"古有孟母三迁，可见天下父母为了孩子用心良苦。而母亲当年为了成全我那颗追梦的心，给了我足够的自由和勇气。尽管我饱受风霜苦楚，尝尽冷暖辛酸，但我知道，在遥远的故乡，她会守着那扇小窗，日夜将我等候。

只是，她不再是当年那个坐于檐下，婉约静美的妇人。岁月给了她伤害，灾劫，还给了她病痛，以及许多皱纹和白发。看着她一年年老去，我自是无能为力，又心痛难当。我知道，有一天，她会离去，再不能为我穿针引线，洗手做羹汤。我知道，无论我现在是否过上富庶安逸的生活，她始终朝夕牵挂，放心不下。

纵算今日我有了属于自己的安静宅院，有花有茶相伴，在她心里，我还是那个背井离乡的荡子。唯有栖居于她的身旁，陪她三餐茶饭，晨起日落，方能不再忧思。人间事岂能遂人心愿，也许今日的我可以随时归去，做个闲人，长伴双亲。但这意味着我将割舍当下的一切，对梅花的心事，对烟雨的情结。

世间因缘际遇，是巧合，又不是巧合。当年的外婆以及母亲为我们付出了一生最美的时光。后来老了，唯一能做的，是安静等待，等待重逢。人生苦短，我与母亲的缘分，虽深实浅，多年母女之情，相处的时间却短如春梦。我自是负亲有愧，所欠的情分、债约，又该拿什么偿还？

此时，我坐于斜斜花影下，给小茶的衣衫绣字。我对针线活不在行，但一针一线皆是我对她的情意，给她的关爱。我想着，以后在她喜爱的物件上绣着或刻下一朵茶花。这样，就算将来的某一天她离开我，也会记得母亲对她的挂牵。

无论小茶去往何方，我都会将所有最美的祝福给她，就像母亲给我的祝福。窗外遍地春色，草木欣然，不知道与母亲下一次遇见，是在何时。人世渺渺，多少将来不可预测，守着当下的缘，惜时惜景，无悔今生。

江南好，
风景旧曾谙

《忆江南二首》　白居易

江南好，

风景旧曾谙。

日出江花红胜火，

春来江水绿如蓝。

能不忆江南？

江南忆，

最忆是杭州。

山寺月中寻桂子，

郡亭枕上看潮头。

何日更重游？

你是否与一座城市有过相约，与一段风景擦肩难忘，和一片山水有着深刻的交集？无须许下任何诺言，每年我与这座城都不期而遇。江南，千百年来是无数人向往之所，只是能与之心灵相通，情投意合的却那么少。

自古风流文士亦喜这风流之地，繁华之城。我不过是万千行人中一个清淡素净的女子，与江南有一段未了之缘。故今生我转山转水，都躲不过这花柳温柔之城。这里有着魏晋风度，走过唐宋人物，留下锦诗丽词。

每年人间四月都要来杭州寻一壶茶，借西湖的山水冲洗内心尘埃，在茶雾里寻求宁静与安然。有人说，江南多雨，总是笼罩在一片烟雾中，心亦随之潮湿。江南又多梦，让来的人沉浸于梦里，不愿醒来。其实，江南春日的晴光很美，和煦春阳洒落在繁盛的花木上，美得惊心。

江南有柳，是青翠的绿，江南还有桃，临水而娇艳。江南的建筑，灵秀温婉，看似朴素老旧的城墙，被藤蔓缠绕，华丽深藏。江南的一座城墙，一角瓦檐，一扇花窗，一地青石，一株植物，一池静水，都是风景，都有故事，皆让人心动不已。

"江南好，风景旧曾谙。日出江花红胜火，春来江水绿如蓝。能不忆江南？"幼时读白居易的《忆江南》，便对这座有西湖的城市有着无限遐想。期待着有一日长大，可以自在独行，一个人来这山水温润之地，寻找梦里的风景，前世故人。

"江南好，风景旧曾谙。"他说，这美好之地有着他熟悉的风景。江花红似火，春水绿如蓝，他曾无数次回忆这里的一草一木，一水一尘。白居易笔下的江南令人耳目一新，它不是莺飞草长，柳绿桃红，杏花春雨，也不是小桥流水，黛瓦白墙，而是江水江花，是江南明丽绚烂的春色。

"江南忆，最忆是杭州。山寺月中寻桂子，郡亭枕上看潮头。"杭州一如南朝佛国，千年古刹不胜枚举。杜牧曾有诗，"南朝四百八十寺，多少楼台烟雨中"，说的便是江南风流之地的山寺古刹。柳永有词，"三秋桂子，十里荷花"，说的亦是钱塘繁华之地。

自古多少文人墨客来这里寻山问水，折桂品茶，钱塘观潮，为雅兴，亦为闲情。白居易当年曾担任杭州刺史，有修筑西湖堤防、疏浚六井等政绩，深得民心。西湖白堤两岸栽种杨柳，后人误以为是白居易所修筑的堤，称之为白公堤。虽然此堤在白居易来杭州之前便已存在，但因了他的诗，给西湖山水再添一道悠悠风景。

白居易之后又担任苏州刺史，在此期间，他漫游江南，旅居苏杭。纵算后来归居洛阳，以诗酒琴禅及山水自娱，亦不能抹去他心中江南的风物人情。白居易本风流才子，素日蓄妓玩乐，诗酒人生，这让他对江南烟柳之所更是钟情。

江南不仅山水温丽，更是美人如云。江南的女子，一如江南的山水，千娇百媚，婉转多情。孟棨《本事诗·事感》中记载："白尚书姬人樊素善歌，妓人小蛮善舞，尝为诗曰：'樱桃樊素口，杨柳小蛮腰。'"他最喜爱的樊素和小蛮，不知是否生于江南，但她们有着似江南细柳的纤腰与樱桃小嘴。

晚年的白居易体弱多病，始终不忘江南烂漫春光，亦感叹过往一去不复返的诗酒年华。他居洛阳，虽有诗友煮茗唱和，但洛阳的牡丹抵消不了他内心对江南的向往。樊素和小蛮不肯将之离弃，白居易却有心让她们去嫁人，不想用自己的风烛残年误了她们的花容月貌。

老病缠身，他依旧怀念素素的杨柳枝，于江南烟水之地，诗意地醉一场。那时的杭州，满城桂子清香，山寺里弥漫着浓郁的芬芳，又无处可寻。江南这座梦都给了他太多的美好与牵怀，纵算卖掉了良驹，遣散了佳人，他也始终不忘那湛蓝江水，艳丽江花。

今日我赴约而来，只为对着这一面湖水，几岸柳枝，饮一盏龙井。西湖泛舟，永福寺寻幽，年复一年，重复着一种姿态，一般心情，不觉繁复，不知疲倦。这里的山寺在任何时节皆清幽古意，庭木深深。

永福寺与灵隐寺相邻，不及灵隐寺大气，却另有一种风流底蕴。小小山寺，别有洞天，景致清幽，为东晋古刹，走进山寺的那座桥，亦有魏晋风骨。寺里一面湛蓝的湖水，恰如白居易诗中之境，又更多几分澄澈与静美。

山寺问茶，草木幽深处见一木牌上写着几字："世间一切，为我所用，非我所有。"顿觉内心清亮，湛湛无尘。万物无私，本无多欲求，是世人不够清透，放不下情与物。然情缘有限，纵是白首亦要离散，而万物不过是借用，走时不能带去一尘一土。

道理都懂，却还是放不下。执念于心间萦绕，或成佛，或成魔。无论是山寺里的一小片茶园，还是成林的桂树，我们亦只可借其清幽和芬芳，而无法将之带离。多少人对着这一片山水，一席佛地，祈愿，许诺，却不知来年身在何处，再相逢，是人间四月，还是清秋时节，又或是未来每一个闪烁不定的日子。

白居易到晚年方心性淡泊，悟人生之理。他也曾兼济天下，后独善其身，参禅悟道，效仿陶渊明的生活态度，清远平和，悠然自得。退避政治，与山水唱和，忘记被贬江州司马的失意困顿。

他说何日更重游，也许他晚年再不曾游过江南，所有的风景，落于他的诗中，刻在心底。他提早明白，世间万物，为我所用，非我所有。故他会毫不犹豫地遣散白马和妓妾，虽有不舍，留下叹息，却内心澄净，再无牵扰。

平生最爱的是诗酒琴茶，不忘的是梅兰竹菊，放不下的是草木山石。但知道离开的那一天，凡尘中的一切皆不可带走。江南的一景一物虽有情，但也只可远观，不可亵玩。

你可以付出真心，转身时终要放下，一片落叶亦不可得。万物为尘，过眼云烟，散不去的是这一片山水，是诗中的禅，是禅的人生。

海上生明月，天涯共此时

《望月怀远》 张九龄

海上生明月，天涯共此时。

情人怨遥夜，竟夕起相思。

灭烛怜光满，披衣觉露滋。

不堪盈手赠，还寝梦佳期。

　　我在江南，我喜江南的人物，我对唐月宋水有着前世今生解不开的情结。都说月是故乡明，幼时的我于山村的窗前，透过竹帘，等候月色挂于树梢，托付孩童简单心事。盼着月中的仙子轻纱漫舞，又忧心她独自一人，如何经得起广寒宫里的寂寞清冷。

　　那株桂树，千年长成，千年开花，而砍伐桂树的吴刚难道不
会与仙子生出一段恍若红尘的情事？他们之间是否亦随月圆月
缺，有阴晴冷暖，悲欢离合？岁序匆匆流转，其实亦只是轮回着
一种形态。千古不变的人事，不变的情感，不变的诺言，以及不
变的明月清风。

　　时光如水，淡然无言，我喜读书，爱喝茶，更喜以明月寄托
心怀。无论春秋，不管圆缺，它恍若尘世中的知己，从遥远的唐
宋而来，挂在我的窗前。三十余载，不曾离开，以后的岁月，亦
会相依相伴，情深意长。

　　世人与月有着不解的缘，看似迢遥千里，无可企及，却又伴
你地久天长。人生聚散悲欢，恰如月盈月亏，不可逆转。中秋时
节，阖家团圆，望月寻雅，被视为人间乐事。元宵时节，更是彩
灯满挂，爆竹声声，以庆上元。再有中元、下元二节，皆与月相
关。皓月当空，星辉朗朗，那轮不变的月看淡了人间离合，却又
是深情满怀，并非薄情之物。

　　月亦是文人知己，可邀杯，可对弈，可伴游花间，亦可长歌
山林。"举杯邀明月，对影成三人。"飘逸孤傲的李白一生辗转
长安，戏游江湖，是旷达的诗仙，亦为落拓之客。冠盖满京华，

唯他独饮花间，与月同醉。

"无言独上西楼，月如钩。寂寞梧桐深院锁清秋。剪不断，理还乱，是离愁。别是一般滋味在心头。"秋月悄上西楼，隐掩于梧桐枝影间，落寞了后主的心怀，缠绕难解的愁绪。故国不在，大小周后不在，唐时的明月不在，唯江山还在，但他已非主是客。

"云中谁寄锦书来？雁字回时，月满西楼。"红藕香残的时节，洒满西楼的月华，穿过林层的雁阵，映在易安居士的眉头，与相思交织，和闲愁同韵。这个女子也曾有过花好月圆的浪漫时光，为其所爱之人红颜尽欢。到最后，河山动荡，失去至亲，孤身飘零世海，满腹心事无从可寄，唯一弯残月与她相知。

征人眼中的月，唯见悲壮苍凉。"戍客望边邑，思归多苦颜。高楼当此夜，叹息未应闲。"离人眼中的月，越发感伤凄苦。"何时倚虚幌，双照泪痕干。"情人眼中的月，则是爱恨交织。"恨君不似江楼月，南北东西。南北东西，只有相随无别离。"

初读唐人张九龄的《望月怀远》，被其首句"海上生明月，

天涯共此时"所吸引，可寄情，又可托怀。一轮皓月，从浩渺无
边的海岸缓缓升起，于寥廓苍穹，无限延伸至看不到的尽头。此
句与张若虚的"春江潮水连海平，海上明月共潮生"相应相呼，
仿佛他们曾是那天涯相望的故人，有过月光的交集。

　　天涯一望，是同一轮明月，万户仰视，各怀幽心。此心或清
澈明朗，无忧愁离恨，无哀婉悲苦；或缠绵悱恻，寄寓千种相
思，百般情意；抑或诗情满怀，醉意蒙眬，只待铺纸濡墨，即可
挥笔千言；更或宽阔无垠，观其风云变幻，人间万象。

　　"情人怨遥夜，竟夕起相思。"于此光华万千之际，登楼远
望，然村山万里，寂寞楼台，不见情人踪影。绵绵思绪，如月
华铺洒，落于枕上帐边，牵引无数思情，让人入梦难成，惆怅
不堪。

　　"灭烛怜光满，披衣觉露滋。"灭烛对月，任月光铺满屋
舍，于寂静中想念，愈觉情浓。复披衣而出，于草丛间，花圃
前，寻找情人的踪迹，然所谓伊人，在水一方，隔山隔海，如何
相亲。夜晚的寒露打湿了青衫，亦隔断了寻步。纵有万千情思，
亦是无从诉说，冷月虽可寄怀，却到底不能偎依取暖。

"不堪盈手赠，还寝梦佳期。"月华满手，不堪赠予，这是
古代乃至数十年前唯有鸿雁可托付之时一声深情的问候，却又是
那般苍白无力。纵心有深情，亦无人知晓，唯有对月，试图遥寄
相思。期待着梦里与佳人重逢，此后再不轻言离别。

诗人张九龄，自幼聪慧过人，才智超绝，能文善诗。七岁知
属文，有文名，张说称他"后出词人之冠"。他又为唐代有名的
贤相，举止不凡，风度翩然。自张九龄去世后，唐玄宗对宰相推
荐之士，总要问："风度得如九龄否？"可见其磊落襟怀，亦因
此，张九龄一直被后人所崇敬、仰慕。

张九龄不仅是才华横溢的文学家、诗人，更是一位有胆识和
远见的政治家。曾言安禄山"貌有反相，不杀必为后患"，然不
被玄宗采纳。后安史乱起，玄宗逃亡路上，忆起张九龄平生之
言，悔不当初。更因此，唐玄宗不仅失了江山，还失去了他宠爱
的杨贵妃，留下绵绵离恨，无绝期。

张九龄就是这样一位耿直温雅、风骨铮铮的名相，其诗亦如
其人，坦荡豪气，不趋炎附势，不媚世厌俗，情辞委婉，朴素遒
劲。他清淡诗情，质朴语言，深远的寄寓，一扫六朝绮靡诗风，
意义非凡。

　　这轮明月，君王良相看过，才子佳人看过，村夫凡妇看过，在海上升起，又在海上下落。其高洁情操，恰如这轮唱绝千古的明月，挂在大唐的天空，浩然清澈，风情万种。多少天涯游子，将其装入背囊，行走万里征程，又重复着相同的故事。

　　今夜，月华正浓，我虽居凡尘深处，却得避城市烟火，于这草木繁盛的幽静之处，安寄灵魂。不必与谁天涯相望，也无须猜测，那轮唐朝的月是何等姿态，又照彻了何人，拨弄了谁的相思。

　　焚一炉香，沏一壶茶，任月华满衣，心清如水。历一场秦汉风烟，听一段魏晋逸事，抄一部隋朝经文，读一首唐诗，临一阕宋词，随着这轮清月，再次回到诗意满满的宋唐，遇一知音，结一段缘分。而后，再从容离去，只留一弯冷月，淡淡送别。

天涯陌路，此生相逢终有时

《云阳馆与韩绅宿别》　　司空曙

故人江海别，几度隔山川。

乍见翻疑梦，相悲各问年。

孤灯寒照雨，湿竹暗浮烟。

更有明朝恨，离杯惜共传。

人生最美的是重逢，最伤的是逢后再别。试想于最美的年华，遇一最合适的人，成就一段红尘平凡相守，种花圃药栏，读春秋古卷，唐诗宋墨，是何等赏心乐事！无关身世，是儒是商，是农是吏，只要心怀锦绣，皆识琴弦，哪怕其貌不扬，又有何妨？

纵布衣落魄，倦于俗事，携手落叶枯草的山川，亦有心中和煦的春风。彼此深情一望，无须言语，即胜人间无数。也曾许下美丽的诺言，后被岁月消磨，那般苍白无力。昨日之人不复与见，一切情愫唯深埋于心，不去碰触，方可忘情。

一生羡慕那洒脱之人，了一段缘分，再叙一遍相思，自此放下，做个山水闲客，不问尘情。曾经沧海难为水，除却巫山不是云。人生陌上，风景万千，最美的仍旧是初时小院，旧日田园。一生遇见许多的人，发生许多故事，最刻骨铭心的亦只有一个，哪怕不曾好好相爱过，哪怕仅仅只是擦过一次肩。

人生最怕的是得而复失。是用多年的光阴去等候一个人，终得重逢，继而再次别离，再后来尘海渺茫，相遇无期。此生不喜与人多聚，怕别时惆怅难舍，怕伤情的眼目触动内心的柔软。有时宁可隔着山南水地，与之遥遥相望，亦不愿刹那相逢，转瞬离别。

洪迈《容斋随笔·得意失意诗》："旧传有诗四句，夸世人得意者云：'久旱逢甘雨，他乡见故知，洞房花烛夜，金榜挂名时。'"后被称为"人生四喜"。世间情有许多种，或缱绻于风月情债的痴男怨女，或高山流水的知音，又或是一生割舍不断的骨肉亲情。每个人的一生都会结下一段或几段情缘，有些铭记于心，至死不忘；有些散落天涯，杳无音信。

司空曙为"大历年进士，磊落有奇才，与李约为至交。性耿介，不干权要。家无担石，晏如也。尝因病中不给，遣其爱姬"。这样一个人物，在星火漫漫的唐朝，算不得璀璨，甚至没有多少荣光。然无论是王侯将相，还是百姓凡人，或诗人词客，都有其不为人知的际遇和尘缘。

"故人江海别，几度隔山川。乍见翻疑梦，相悲各问年。"在那个书剑天涯，与月为朋，与梦相守的大唐，能于茫茫人海遇到数载不见的相知，那种心情可谓百味杂陈。他们原本是尘世间的良朋益友，一朝分离，各自江湖，在不同的故事里，写着自己的悲欢离合。欲寻人说起，又无人可诉，唯情系堂燕，漫看池鱼，算是相识，亦是故知。

多年后的某一天，彼此在纵横交织的阡陌上偶遇，或于某个不知名的驿馆邂逅，万般惊喜后，再回首多年的离索，彼此音信渺渺，恍若梦中，似真亦假，当真是悲欣与共，百感交集。

此番重逢，内心似有万语千言，又不知该如何言说。看着彼此渐老的容颜，两鬓新生的白发，一别经年，岁月到底留痕。他们已然分辨不出谁长谁幼，心有戚戚，各自询问。人生沧桑，曾经意气风发的少年，早已消磨了豪情壮志。今时的他们只欣然于当下的重逢，无意问及功名，更不愿猜测将来的浮沉去留。

"孤灯寒照雨，湿竹暗浮烟。更有明朝恨，离杯惜共传。"冷冷帷幕垂下孤影寒灯，映着如雪鬓丝，沧桑入骨。夜雨凄迷，竹林深处飘浮着烟云，一如他们那些走过的却又模糊的曾经。往事如烟如梦，再次叙说，已不见当年风华，唯有杯酒相亲，一论生平。

"黯然销魂者，唯别而已矣！"江淹的《别赋》写尽了人间别情，让人读罢为之黯然神伤。于此之时，重逢即要分散，相聚即是别离，更添惆怅。雨声未歇，打湿窗台，翠竹声声，苍茫的夜色中隐着无穷无尽的感伤。此生再要重逢，不知会是何年，于何地，甚至一生一世相见无期。

唐人李益有首《喜见外弟又言别》这样写道："十年离乱后，长大一相逢。问姓惊初见，称名忆旧容。"诗中情意与司空曙之诗情相似。亦是战乱时节，匆匆的重逢，匆匆的别离。人生路途看似漫长无边，实则仓促简短。这样的情意一生也许只有一次，这样的重逢一生或许只要一次。

司空曙《喜外弟卢纶见宿》中有两句诗颇有意境："雨中黄叶树，灯下白头人。"这首诗是司空曙为其表弟卢纶而作。卢纶和他本是亲戚，悉具诗才，同在"大历十才子"之列。司空曙一生清贫，不附权贵，他不似陶潜采菊东篱，却亦在深秋时节种上几丛幽雅，于这样的院落中，悄然白头。每每雨落秋庭，那个握卷苦读的人，写着忧伤的诗句。

他的诗或许不够华美壮丽，却静雅疏淡，朴素真挚。他多写行旅赠别之作，长于抒情，名句甚多。他重情重信，与故人虽隔山隔水，依旧不忘当年的情谊。读罢他的重逢之音，回首自己多年的聚散离合，内心亦是千回百转，无从诉说。

多少儒者用一生的时光，坐老寒窗，白了两鬓，却与功名无缘。多少诗客，写就万言，一朝句失，留下悲感。生命即为遗憾而生，亦为遗憾而止。纵然是"城外土馒头，馅草在城里。一人吃一个，莫嫌没滋味"，亦要好好去品味，哪怕淡如清水，也当知一茶一饭的艰辛。人间有味是清欢，唯俭朴方能久长。情意又何尝不是如此？君子之交淡如水，太过浓烈，反失其真味。

司空曙有着自己的山水，在大唐的诗国留下属于他自己的诗文。虽身份寒微，家无担石，亦是安然自若。其另一首《江村即事》，即是深绘此情。"钓罢归来不系船，江村月落正堪眠。纵然一夜风吹去，只在芦花浅水边。"寄笔超然，洒脱无比，令人羡之。

宋人柳永有词："多情自古伤离别，更那堪，冷落清秋节。"清秋尚未至，已闻别离音。以往喜欢秋季，这是文人的季节，亦是离人的季节，清凉中带着感伤，落寞中隐透着孤独，薄冷中又带着几许多情。如今则喜欢春风春水，爱那姹紫嫣红，桑竹翠柳。遇别离也不再仓皇失措，虽有悲感，转瞬即过，从容待之。

人世悠悠，若斜阳流水，看不到尽头。今时你我虽天涯陌路，各不相关，但相逢终有时，或于溪山人家，或于桥头驿站，或幽巷庭前，皆有机缘，皆可相遇。

哪堪玄鬓影，
来对白头吟

《在狱咏蝉（并序）》 骆宾王

余禁所禁垣西，是法厅事也。有古槐数株焉，虽生意可知，同殷仲文之古树，而听讼斯在，即周召伯之甘棠。每至夕照低阴，秋蝉疏引，发声幽息，有切尝闻。岂人心异于曩时，将虫响悲于前听？嗟乎！声以动容，德以象贤，故洁其身也，禀君子达人之高行；蜕其皮也，有仙都羽化之灵姿。候时而来，顺阴阳之数；应节为变，审藏用之机。有目斯开，不以道昏而昧其视；有翼自薄，不以俗厚而易其真。吟乔树之微风，韵姿天纵；饮高秋之坠露，清畏人知。仆失路艰虞，遭时徽纆，不哀伤而自怨，未摇落而先衰。闻蟪蛄之流声，悟平反之已奏；见螳螂之抱影，怯危机之未安。感而缀诗，贻诸知己。庶情沿物应，哀弱羽之飘零；道寄人知，悯余声之寂寞。非谓文墨，取代幽忧云尔。

西陆蝉声唱，南冠客思侵。

不堪玄鬓影，来对白头吟。

露重飞难进，风多响易沉。

无人信高洁，谁为表予心。

夏日临水而居，草木繁盛，甚觉清凉。蝉声在枝头轻逸，日夜不歇，它的不知疲倦，惊人好梦，又给寂寥岁月添了欢喜。它的叫声虽然单调，却在不同的耳畔唱彻不同的音符。是欢快，是悲切，是重逢，又恰如离恨。

最爱旧式高墙大院，花园亭台，砌石成山，桃李争艳，翠柳拂风。正是这些欣欣草木、水榭楼阁遮盖了居住在里边的败落子弟，亦隐藏了他们的家族恩怨。夏日里蝉声不绝，远山近水、小巷路亭皆是无穷尽的声息，一如流淌不息的光阴。

庄子云：“夏虫不可以语于冰者，笃于时也；曲士不可以语于道者，束于教也。”蝉本高洁之物，蛰伏于季节深处，坚韧隐忍，一鸣惊人。我对蝉有着莫名的情愫，幼时居山村院落，午后树荫下乘凉，蝉鸣阵阵，穿过幽巷，穿过戏台，连同屋瓦上都落

着蝉音。我等着黄昏来临，仿佛等一出戏文散场，等一只蝉虫
老去。

世间之物，其质佳者，皆可入诗入画。任是翠柳黄杨，墙花
陌草，乃至纷纭，进而走兽飞禽，篱虫林鸟，若得诗者之顾，自
可取入句中，流芳千古。不知此为诗人多情，还是物自芳菲，
引惹寻客。细品"文章本天成，妙手偶得之"之句，方悟得
自然中，于声于色，于文于墨，皆本具足，只待诗客之手采撷
入囊。

山中无所有，唯有四时明月，一林清风，或围着篱笆，绕着
农舍，等待过路的樵子叩门歇脚，讨一碗茗茶，与之谈山外的故
事。人生许多微妙际遇，让人心生感动，有人候一生静美岁月，
亦寻不到尘世知音。多少人甘愿做一只蝉虫，在属于自己的季节
里听风候雨，将日子过得安定，无伤情远思。

"蝉噪林逾静，鸟鸣山更幽。"蝉是夏夜秋晨，隐于红尘的
精灵，用单调的韵律，唱出市井与山林的细致。躁者闻之噪，静
者闻之清，雅者会其幽，俗者厌其鸣。虽一微物，却在每个人的
生命中，化成万千的模样。领会了其间巧妙，方知蝉亦禅，俗
亦雅。

许多文人以蝉自喻，又以蝉喻人。你听那蝉音悲切，声声吟苦，又不与你诉说衷肠，吐露哀愁。你听它一鸣惊人，却又隐于繁枝茂叶间，不见影踪。唐时骆宾王曾写《在狱咏蝉》，那时的他，任侍御史，因上疏论事，政见不合，触怒了武则天，又遭受诬陷，获罪入狱。他在狱中听蝉鸣有感，以此诗抒发内心悲愤之意，浸透着低沉、郁闷之情绪。

骆宾王是初唐四杰之一，虽出身寒门，却心怀锦绣。他七岁能诗，号称"神童"。相传《咏鹅》即是这个时期的作品。他的一生坎坷多难，曾经从军西域，写过许多边塞诗，又复宦游蜀中。

"吟乔树之微风，韵姿天纵；饮高秋之坠露，清畏人知。"他在诗序里，细致写蝉，亦是伤己，以蝉自比。"每至夕照低阴，秋蝉疏引，发声幽息，有切尝闻。"试想于秋日的某个黄昏，斜阳疏落的光影洒在沉闷的牢墙上，透着淡淡的凉意。此时听着不绝于耳的蝉声，内心忧惧低回，该是怎样凄凉境况？

江山无限，独他在这有限狭隘的空间里，望不见天涯道路。骆宾王本是个有才学、有抱负的人，却因一些莫名之事身入图圄，不知窗外世界。唯有墙外的蝉吟不断传来，从黎明到黄昏，高亢的曲调里，隐着听不清、说不出的仄仄平平。他独坐牢笼，有万种情思，百般委屈，亦不能言说。坐待时光流去，无从挽留，无从改变。

说到咏蝉，自不忘古人的"咏蝉三绝"。除了骆宾王这首，其余两首分别是虞世南的"垂緌饮清露，流响出疏桐。居高声自远，非是藉秋风"以及李商隐的"本以高难饱，徒劳恨费声。五更疏欲断，一树碧无情"。此三首咏蝉诗，各具奇妙，各怀其思，各诉其情。

虞世南的这首咏蝉诗，更多的是抒发清正之意，只要心居高处，不累尘俗，自然会其声清远，其志高洁。李商隐所寄蝉诗，句里字间多少有些抱怨之意，然其志向依然清洁，守着高处，不曾屈志尘埃，为求一饱。到了骆宾王所著的吟蝉之作，则是闻蝉鸣生悲感，以蝉喻己，顾影自怜。

刘勰《文心雕龙·物色》篇云："情以物迁，辞以情发。一叶且或迎意，虫声有足引心。"人生万事皆有缘起，感花落泪，逢雨伤心。物与物之间有情，人与人之间有爱，物与人之间亦会生出许多情愫。比如这寂寥牢房里空无一物，透过寒窗却有蝉音惊心，触人哀思。

"不堪玄鬓影，来对白头吟。"诗人引蝉自喻，他正值盛年，有君子美德，心怀锦绣，却经受这番牢狱之苦。《白头吟》为汉时卓文君所写，那时文君年老色衰，相如生了二心，卓文君写下此诗，为让相如回心转意。而骆宾王此处化用其意，不过是为了表其忠诚之心。

"愿得一心人，白头不相离。"想当年，卓文君花容月貌，相如以一曲《凤求凰》，对她倾吐爱慕之情。卓文君亦被相如的风度与才情所吸引，与他私奔。几月后，一贫如洗的司马相如变卖了马车，回到临邛开了一间小酒家。而文君当垆卖酒，和他患难与共。

司马相如凭一篇《子虚赋》得汉武帝赏识，又以一篇《上林赋》被封为郎。衣锦荣归，感文君不离不弃之心，对之情意深浓。年深日久，相如厌烦了单调的生活，无端有了二心，卓文君作《白头吟》自伤，相如心生悔意，自此二人恩爱如初，再不分离。

"露重飞难进，风多响易沉。无人信高洁，谁为表予心。"
每个时代都会有太多的束缚，让一个人的高远志向乃至寥廓心怀
无法施展。如同篱笆间缠绕着的枯藤掩住淡雅的兰香，又似凄迷
的云海遮盖中天的明月。

高洁的品格，优雅的词句，亦需那个能读懂的人。倘若这
世间不曾有钟子期，亦不会有伯牙。良相需遇明主，琴者需逢
雅客，才子得遇佳人。都言文者寂寥，芸芸众生，凡来尘往，
难遇知音一人。得人赏识，被人爱慕，受人尊重，都是一种
幸运。

骆宾王写罢蝉诗，直到次年遇赦，才得脱身，任了官职。然
而他的心志未曾改过，直到后来徐敬业反唐，他写了《为徐敬业
讨武曌檄》，反对武则天当政，方为初心。后徐敬业兵败，骆宾
王不知去向。

或被杀，藏于荒山野岭，无人所知；或隐于某处林泉，过
着渔樵同迹的生活；或流亡道路，病死他乡；又或削发为僧，
不与红尘结怨；更或是化作一只蝉，高洁遗世，无须为谁表示
忠心。

在清凉夏日，一声蝉唱，起于翠柳深桥，飞越漫堤花影，穿过唐宋往事，与那位与之隔了三生三世的人重逢于今世红尘。携手东风于近水楼台，于小窗疏影，于浅屋人家，清凉无梦。

第六卷 ◎ 寸阴若岁，花开堪折直须折

一卷大唐的风华

寸阴若岁，花开堪折直须折

《金缕衣》　杜秋娘

劝君莫惜金缕衣，劝君惜取少年时。

花开堪折直须折，莫待无花空折枝。

《牡丹亭》有这样的句子，"最撩人春色是今年，少甚么低就高来粉画垣，原来春心无处不飞悬。哎，睡荼蘼抓住裙钗线，恰便是花似人心好处牵"，"甚良缘，把青春抛的远"。今时再读，《牡丹亭》里的唱词，真是句句噙香，婉转生动，数百年来，有着无可取代的美好。

窗外春阳和煦，草木欣荣，玉兰斜过窗格，牡丹开在庭前。

224

而我坐于花影下，亦是百媚嫣然，香风细细。那年杜丽娘春日游园，偶遇执柳的偶傥书生，与他在芍药栏边，太湖石畔，牡丹花前，相看俨然，妙处难言。庭园里好景艳阳天，云簇霞鲜，万紫千红开遍。

梦回莺转，小庭深院，而我如花美眷，都付了似水流年。是的，青春早已随着薄情的韶光轻轻抛远，许多故事还未曾开始，就如春花匆匆谢幕。所幸春还在，赏春看花的心情亦不曾更改。此时的我，一袭白衣胜雪，长发如水，淡抹妆容，与庭前的牡丹遥遥相望，亦是曼妙无边。

说好了不轻易闯入别人的故事，不惊扰别人的人生，可似乎总与他们在文字里频频相逢。这样隔着风云时空，穿越山河百代，算不算一种缘分？而若干年后的某一天，又是否会有那样一个女子将我淡淡想起？想起在深远的落梅山庄，有一个宛若梅花的女子，写过一些清淡的文字，冰凉的诗词。

我并非不知流光的美，而是深知年华可贵，一旦失去，不可复返。只是习惯了在春阳下静坐喝茶，听一支古曲，看一朵花开。"劝君莫惜金缕衣，劝君惜取少年时。花开堪折直须折，莫待无花空折枝。"写这首诗的人叫杜秋娘，唐时女子。她此一生宁可灿烂地死去，也不愿寂寞地活着。

杜秋娘出身卑微，只是一名寻常歌伎，但天生丽质，冰雪聪明，能歌善舞，千娇百媚。若非她灵秀风流，显山露水，又怎会在美人如云的镇海节度使李锜的后庭中深受宠爱？秋娘手持玉杯劝酒，李锜欣然陶醉，两句"花开堪折直须折，莫待无花空折枝"令她若一枝娇艳含露的牡丹，惊艳而出，美不胜收。

而她后来凭借这样一首《金缕衣》，换取了数十载的锦绣繁华。杜秋娘从一个普通歌伎成了李锜宠爱的侍妾，每日锦衣玉食，轻歌曼舞，亦算是度过一段愉悦的时光。之后朝廷动荡，新登基的唐宪宗李纯年轻气盛，力图削平藩镇割据。李锜不满，举兵反叛，被大军镇压，死于乱军中。

春花秋月，瞬间成了往事，杜秋娘为罪臣家眷，被送入宫中为奴。聪慧骄傲的杜秋娘又怎会甘于为奴？趁着皇宫宴会，她为唐宪宗献上那首排练了千百回的《金缕衣》。其出众舞姿，明艳容颜，倾倒了灯火煌煌的大唐宫，更倾倒了俊逸风流的唐宪宗。

天子要恩宠一个女子，无须给任何人交代，很快，杜秋娘成了大唐宫殿里那颗最璀璨的明珠。她似乎不费心力，亦不必与谁争夺，就从罪奴摇身一变成了雍容华贵的秋妃。她甚至无须遮掩锋芒，因为她有把握让唐宪宗眼里和心里再容不下第二个女人。

那时间，后宫传遍了《金缕衣》，但她们所唱的，不过是一些陈词旧调。唯有秋妃能够为唐宪宗舞尽明月清风，可以将《金缕衣》唱得百转千回。她是聪慧的，由来后宫夺宠都是历尽多番腥风血雨，但她却让自己十数年毫发无伤，过得安稳自在。

那些年，唐宪宗只宠秋妃一人，她不仅为他歌舞缱绻，还用温柔软化他的锋锐。她既是宪宗的爱妃，更是他治国平天下的军师。宪宗治理国家太过盛气倨傲，性情浮躁，杜秋娘便时常对之温和相劝，弥补他的缺失。

"王者之政，尚德不尚刑，岂可舍成康文景，而效秦始皇父子？"唐宪宗听取了杜秋娘的意见，以德政治天下，二人齐心协力，使得国家昌盛。然世事风云，难以预测，元和十五年（820年）新春刚过，唐宪宗就莫名地驾崩于中和殿上。

有人说宪宗服食丹药中毒而亡，也有人说是内常侍陈弘志蓄意谋弑，但一切都只是猜测。自古帝王更换，江山易主，又岂是谁能掌控的？宪宗的死，杜秋娘固然伤悲，她十余载的折花岁月行将落幕。她无心追查宪宗的死因，而是尽力让自己在后宫稳妥地生存下去。

漫漫深宫，前尘渺渺，除了自救，她别无选择。二十五岁的太子李恒在宦官马潭等人拥戴下嗣位为唐穆宗，改元长庆。只因杜秋娘劝服唐宪宗以德治天下，故朝中重臣并没有因为宪宗的驾崩而停止对她的尊重。在某些军国大事上，唐穆宗甚至经常要听取她的意见。

她被安排为唐穆宗之子李凑的保姆，负责皇子的教养。这是她在深墙高院里的唯一筹码，她不能输。杜秋娘再也不舞《金缕衣》，她把所有慈爱、心血都倾注在李凑身上，对其寄寓厚望。李凑在杜秋娘的悉心调教下，亦成为一个有胆识、有雄心的男儿，并立志要做一个有所作为的君王。

杜秋娘以为时机成熟，她筹划着，与朝中宰相宋申锡密切配合，准备一举除掉王守澄的宦官势力，废文宗，将李凑推上皇帝宝座。但她败了，结果李凑被废，贬为庶民，她也被遣回故乡，沦落为一个孤独无依的妇人。她不再是那个舞尽春风的妖媚歌伎，更不是在后宫翻云覆雨的皇妃。那时的杜秋娘，白发衰颜，已失昨日风采。

"花开堪折直须折，莫待无花空折枝。"她此生只因一首诗便深受荣恩数十载，她该是无悔的。纵是落魄乡野，美人迟暮，亦当无惧，她要的，早已如愿以偿。只是人生确有宿命之说，她聪慧过人，机关算计，将自己的命运辗转托付于几个男人，贵贱兴亡，做不得主。

多年以后，途经江南的诗人杜牧在金陵邂逅了杜秋娘。杜牧见她风尘无主，感其年老色衰，为她写了一首《杜秋娘诗》，诉说了她的坎坷不幸，亦感叹人世无常，沧桑变故。"寒衣一匹素，夜借邻人机。"她再不是当年那位罗衫翩然的舞娘，一匹素布，还需借邻人的织布机连夜赶制。只是杜秋娘不需要任何人的怜悯，自古花开花谢，聚散有定，有何可悲？

"四朝三十载，似梦复疑非。"数十年宫廷繁华，历经几代帝王，恍若云烟一梦。据说，后来金陵发生军变，满城风雨，杜秋娘随众避难，死在玄武湖。一缕香魂，亦只是茫茫天地间渺小的粉尘，一株微不足道的草木。

看窗外春光流转，千红百翠，花开成簇，却又寂寞无主。柔风中不知谁在婉转低唱：花开堪折直须折，莫待无花空折枝。那歌声，从千年前的唐朝走过，经依依古道，过岁月山河，如鹃啼，似莺啭。

一曲《金缕衣》，回首尚迟迟，尚迟迟……

易求无价宝，
难得有心郎

《赠邻女》 鱼玄机

羞日遮罗袖，愁春懒起妆。

易求无价宝，难得有心郎。

枕上潜垂泪，花间暗断肠。

自能窥宋玉，何必恨王昌。

　　此时，在杏花烟雨的江南，听一曲《龙井茶园》，只觉春风
拂面，茶香氤氲。用清澈山泉冲泡一壶明前龙井，坐于山水间，
闻琴赏雨，岁序安然。瓶中的睡莲依旧昨日姿态，浑然不觉光阴
如水，仿佛还有许多美好的年华经得起消磨。

这座城池定然与我有过深刻的交集，只不知是在哪一世，又在哪个朝代。唐宋时期有过许多奇闻趣事，风流传奇。而杭州自古山水灵秀，人文俊逸，亦有太多的风云故事，锦绣情缘。

西子湖畔有苏小小和无数文人墨客的足迹，历史余温犹存，那些美好的爱情故事至今不曾被人忘记。人在画中，经常会有时空交错之感，比如我在烟火迷蒙的江南，回忆古都长安。从一座城穿越到另一座城，只需几个时辰；从一个朝代改换到另一个朝代，亦不过数百年光阴。

"易求无价宝，难得有心郎。"这是唐朝才女鱼玄机的诗中之句，后来被无数多情女子传唱。当年西泠的苏小小与阮郁在西子湖畔有过一段尘缘，后阮郁离开，另娶他人，独留苏小小于西泠日夜忍受情思消磨。"妾乘油壁车，郎骑青骢马。何处结同心，西泠松柏下。"她为一代歌伎，他是宰相公子，纵是一见倾心，亦不可有相守百年之约。

历史上的鱼玄机生于晚唐，为唐代四大女诗人之一，亦是女道士。性聪慧，好读书，尤工韵调，情致繁缛。鱼玄机与晚唐花间派词人温庭筠为忘年交，素日时有唱和。鱼玄机生于长安，字幼微，她不仅天性聪慧，更是姿容倾国。

　　这位能文善诗的才女在她情窦初开之龄，对恩师益友温庭筠心生爱慕。二人尚未曾谈及情爱时，鱼玄机便邂逅了生命中的男子李亿。他为江陵名门之后，状元及第入仕，进京官授补阙。李亿的风流倜傥，让鱼幼微对之一见钟情，并嫁于他为妾。

　　他是多情才子，仕途通达，她乃一代佳人，诗文秀美。新婚宴尔，彼此度过了近百日恩爱缠绵，如漆似胶的美好时光。她虽为妾，李亿却对其万千宠爱，写诗品茗，对句吟唱，明月花前，楼台小窗，皆是如影随形，寸步不离。

　　李亿原配夫人为官宦之家的小姐，生性喜妒，怎容得下鱼幼微这等绝色佳人？况那时李亿对鱼幼微百般恩宠，对其原配夫人冷落。后经不起夫人的威逼，李亿对鱼幼微的浓情爱意日渐淡漠，虽有心与之朝暮相处，却不想多生枝节。

　　他听信夫人谗言，将鱼幼微送至京郊咸宜观为女道士。一代才女，芳华正茂，自此成了世外居士，而鱼玄机的道号，不久便名扬长安。唐朝是个开放的朝代，那时的庙宇道观，不受太多的清规戒律约束，而女道士更是风靡一时。像鱼玄机这样才情绝佳的女子亦不胜枚举，还有许多官家小姐乃至公主皇妃入观为道。

鱼玄机虽居道观，对李亿却是情深不忘，朝思暮想，奈何情牵两处。恰逢道观的观主仙逝，而鱼玄机本是性情中人，此后更是自由随性。她已是世外仙姝，于道观一半修行，一半纵情声色。尽管内心对李亿始终不能放下，却不愿为他一人寒夜孤灯，静候天荒。

她索性在观内逍遥，收了几位姿色尚好的女徒弟充当侍女，于观外贴出"鱼玄机诗文候教"。咸宜观因了鱼玄机而门庭若市，热闹非凡。多少达官贵人、文人才子慕名前来，为睹佳人风采，与其品茶论诗，说玄悟道。

咸宜观再不是雅致的清修之所，鱼玄机在观内翻云覆雨，与情趣相投之士每日温情缱绻。她与自己所喜的名士谈风弄月，毫无拘束，不喜之人则搁置一边，冷落不问。她虽日夜纵情欢娱，诗酒琴茶，亦不肯媚俗。她既对别的男子生情，又始终难忘李亿，并几度写诗寄之。心中仍盼着得以重聚，与之厮守，免流离放纵，但一切终是虚幻泡影。

她和李亿已隔沧海，纵跋山涉水，也回不去从前。但鱼玄机内心终有怨气，故写下这首《赠邻女》。据宋人孙光宪《北梦琐言》上说："（玄机）为李亿补阙执箕帚，后爱衰下山，隶咸宜观为女道士。有《怨李公》诗曰：'易求无价宝，难得有心郎。'"

这首诗实为自喻，乃至情至性之语，有被遗弃的怨愤，亦有一种从容的洒脱。世间多少风华绝代的女子，待字闺中，只为命运恩赐一位良人。纵是寻得，他们亦不会对其情深久长，只因他们可以妻妾成群，怎肯对一个女子朝暮不离。而女子却只能从一而终，面对丈夫的背叛离弃，亦不能自己做主去留。

"易求无价宝，难得有心郎。"人在尘世间可求得无价珍宝，却寻不到那个知晓冷暖，与之心灵相通的有情伴侣。为此，她总在暗夜感伤垂泪，行经花丛间，免不了断肠思量。只是，既有如此才貌，又何必落寞神伤，幸福唯有自己争取，便是宋玉那般风流才子也能求得，再无须怨恨王昌这般才子的若即若离的态度。

鱼玄机做到了，她于观内尽情纵乐，不久后，便有一个叫陈韪的乐师赢得她的欢心。这位乐师精通音律，风度翩翩，整日抚琴奏乐，博她所喜。风情如她，如何经得起这样的诱惑？那段时间，鱼玄机与乐师尽情欢爱，几乎遗忘旧伤。

她以为，寻得宛若宋玉这般的才子就会幸福。天下男儿多薄幸，若李亿对她负心，那么乐师陈韪对她更是薄情。原以为尘世遇得知音人，却不料是名好色之徒，他趁鱼玄机不在，与其婢女绿翘偷情。她得知后心痛不已，更多的是愤怒。

鱼玄机想起当初李亿听信夫人谗言，将之抛弃，令她迫于道观安身，孤独无主。如今又遭自己所爱的乐师和被其信任重用的婢女背叛，怎能不生怒火？她懊恼之下，对绿翘狠狠一顿鞭打，却不料失手将其打死。慌乱中，鱼玄机将绿翘掩埋于后院。

几月后，尸体被人无意发现，鱼玄机随后便被带至公堂受审，最终被京兆尹温璋判处死刑。一代唐朝才女，风流女道士，在其风华之龄，竟被如此判死。因果循环，宿债终还，她半生所求，不过是一位有情有义的郎君。此一世，算是求不得，她放纵过自己，亦接受了命运的惩罚。

她究竟是被别人辜负，还是辜负了自己？她活着之时也许并不尽意，并不快乐，但至少灿烂过。后世之人都记得，在唐朝有个叫鱼玄机的才女，于一座叫咸宜观的道观风流自居。她的人生虽来如春梦，去似朝云，却该无悔。

生命幻灭有时，情爱如露如电。愿她转世可以遇得一位对之情深意重、不离不弃的有情郎。如此，方不负她前生所愿，不负她一脉心香。

浣花溪畔，一场远去的风月情事

《春望词四首》　薛涛

花开不同赏，花落不同悲。欲问相思处，花开花落时。

揽草结同心，将以遗知音。春愁正断绝，春鸟复哀吟。

风花日将老，佳期犹渺渺。不结同心人，空结同心草。

那堪花满枝，翻作两相思。玉箸垂朝镜，春风知不知。

花开花落自有时，唯有相思无从寄。尘世间，每一场相逢，光阴都会记得，并且留下痕迹。有一些惊扰了年华，有一些温柔了岁月。相爱之时，愿此生同心，不生旁枝错节，并许下一世之诺，朝暮相守。但多少人守住了誓约？长则三年五载，短则只是相伴看过一场花事，便转身陌路，再不相逢。

每个人都在寻找属于自己的归宿，若人不可相依，便把自己托付给山水草木，交付于诗书琴画。我不知今生谁会与我相伴白首，曾经那些和我有过交集的人也只是陪我红尘同行过。但有一个地方却是我此生的归依，不因物转，不随景移，无论山河如何变迁，人事如何更换，它皆不离不舍。

梅庄，我红尘的修行道场，灵魂的驿站，宿命的归依。那么多人似过客一样匆匆来去，和我赏过花，喝过茶，最后都离散，像梦一场。长情的也只是几件旧物，在寂寥之时，凭借它们去追寻一些残缺的记忆。而那些在梅花信笺上写下的诗行也不知寄往了何处，散落在谁的墙院，又被谁收藏，搁置在桌案，摆放千年。

在唐朝，有一个女子深居在她的道场，于浣花溪畔自制诗笺，打发寂寥光阴。据说此诗笺用木芙蓉皮做原料，加入芙蓉花汁，制成深红色精美的小彩笺，取名薛涛笺。

北宋苏易简《文房四谱》云："元和之初，薛涛尚斯色而好制小诗，惜其幅大，不欲长剩之，乃命匠人狭小为之。蜀中才子既以为便，后裁诸笺亦如是，特名曰薛涛笺。"

薛涛用其自制的花笺题诗："花开不同赏，花落不同悲。欲问相思处，花开花落时。"也曾美好地爱过，有过相思，以为遇见了红尘知音，欲结同心，后来都付与浣花溪水以及那场不解爱怨的春风。她虽多情长情，却一生不被情爱所缚，纵有伤，亦不肯沉陷进去，不自怜自怨。

薛涛姿容清丽，冰雪聪明，通晓音律，才艺超绝，十六岁入乐籍。恰是这年，情窦初开的薛涛邂逅了生命里的第一个男子韦皋。那时的韦皋任剑南西川节度使，被薛涛的容貌才艺所吸引，召其到府中侍宴赋诗。

之后，薛涛出众的文采、优雅的气质为韦皋所喜，便让她伴随身侧，打理文字工作，薛涛亦欢喜地，做起了她的"女校书"之职。那时的薛涛浪漫诗意，风华正茂，对儒雅博学，于官场叱咤风云的韦皋生了爱慕之心。而韦皋又如何能够抗拒这样一位兰心蕙质、美艳动人的才女。

薛涛应该也爱过韦皋，但这种爱少了一些浪漫，更多的是一种男女相欢。这位女校书因为才貌脱俗，又委身于韦皋，一时间名动蜀中，风光无限。此后香车宝马相随，多少达官显贵求见，赠之财物，她亦是不拘小节，坦然接受。据五代时期何光远所撰的《鉴戒录》所载："应衔命使者每届蜀，求见涛者甚众，而涛性亦狂逸，不顾嫌疑，所遗金帛，往往上纳。"

薛涛的狂逸放纵，送往迎来，令韦皋大为不悦，气恼之下，将她从官伎降至营伎，发配松州，以示惩罚。这时薛涛方醒悟过来，原来她不过命似蒲柳，握于别人手中。任何的错失与背叛，都将受到责罚，她冷静地收起悲伤与惊惧，用她敏捷的才思写下《十离诗》，命人献给韦皋。

十首诗写出事物脱离依附的悲惨结局，亦写出其内心的无限悔恨，以及对韦皋的埋怨之心，却是有离思而无离情。有人说，《十离诗》太过谄媚，而失了诗文里原有的气节。然而，于薛涛的心里，一直以来她对韦皋之情，本就是依附多于爱意。他们之间虽相濡以沫，觥筹交错，却并未有刻骨铭心的爱恋。

韦皋对薛涛毕竟有情，读罢她的《十离诗》，特命人将薛涛召回，依旧和好如初。但经历过此番劫数的薛涛，内心清醒明澈，她知道，自己不过是韦皋所喜爱的一位歌伎，没有名分，连妾都不是。她唯有依靠他的怜悯，方能立足于世，又何来有高傲放纵的资本？之后的日子，她变得内敛含蓄，再不轻易涉入他的江湖，惊扰他的生活。

韦皋死后，薛涛安然自得，平静地过着自己的日子，研花作诗，蘸雨为墨。虽有许多男子慕其才名，为之倾倒，但薛涛皆婉拒，她决意终身不嫁，和诗酒同生共死。这时的薛涛已年过四十，芳华不再，但她依旧风姿绰约，温柔美丽。

她以为此生再不会有任何男子可以撩动她的情思，却不想，命定的情劫到底躲不过。时年三十一岁的风流才子元稹，以监察御史身份出使蜀地，邂逅了久负才名的薛涛。这位多情才女，一生算是遭逢过无数缘分，却深深地被元稹的俊雅风度、旷世才情所折服。短暂的相处，彼此已是郎情妾意，如漆似胶。

她深知山盟海誓都是虚言空梦，却让自己沉落进去，不可自拔。他为朝廷官员，她不过是官伎之身，况她年长他十余岁，如何可以双宿双栖，地久天长？薛涛明白，她和元稹不过是露水情缘，但她顾不得许多，聚时不问短长，散时也不计生死。她努力让自己爱着，并为他们的这段情缘写下刻骨诗句，动人心魄。

一年后，元稹走了，留下薄如春风的承诺，而后再不复返。结局早已知晓，只是不承想会如此仓促。薛涛虽有期许，但她内心已然斩断情丝，纵是被抛弃，亦无怨悔。她知，非他负心薄幸，这世上又有多少男儿，能够为爱至死不渝。

　　曾经沧海难为水，除却巫山不是云。他对亡妻情深如海，却也将誓言转身即忘，更何况他们之间这浅薄的缘分！薛涛是清醒的，她用尽所有的爱情，还是输了，但她输得从容，输得平静。到了那个年岁，看惯了离合悲喜，又还有什么割舍不下？

　　薛涛辞别故人，住进了浣花溪，换上了道袍，她再无须取悦谁。每日焚香煮茗，采折花叶，自制诗笺，在安静无争的世界里，寂寞却欢喜地活着。

　　她叫薛涛，制深红小笺，写了一辈子的情诗，却终身未嫁。她很坚强，让自己活到白发苍苍，缓慢老去，不悲不怨，不愁不伤。

百年寂寞，
奈了红尘几何

《相思怨》　李季兰

人道海水深，不抵相思半。

海水尚有涯，相思渺无畔。

携琴上高楼，楼虚月华满。

弹著相思曲，弦肠一时断。

　　春风沉醉的夜晚，无爱无怨，无忧无惧，内心平静，恰似那
半开半谢的花，生也从容，死也从容。女子亦是如此，纵是花容
月貌，绝世才情，终如飞花，碾作尘土，了去无痕。既知终有一
败，莫如在枝头时尽情地绽放，当是无悔。

　　唐时女子杜秋娘说："花开堪折直须折，莫待无花空折枝。"当年她凭借这一首诗，从寻常歌伎一步步走向大唐皇宫，数十载受尽荣宠，繁花满枝，明月当空。尽管老去时被遣回故里，贫病交加，但她知花开花落有命，该有的，她都拥有过，此生她算是没白来人间走一回。

　　听一首《兰若词》，瞬间竟被里面的词句深深触动，无法躲闪。"你总该记得，曾经为情所惑。凡人总难舍，爱过恨过也就罢了，偏要回眸动了心魔。这百年寂寞，奈了红尘几何，剩一世无双的你仍眷恋着我。"

　　偏要回眸动了心魔。自古多少修行之人，或仙或魔，或妖或鬼，或僧或道，一旦动了凡心，便再无法禅定清修。《红楼梦》里的妙玉，本生于读书官宦人家，奈何自幼多病，买了许多替身代她出家皆不中用。只得入了空门，带发修行，身子方好。她被请到贾府，于栊翠庵修行，但凡心未了，尘缘未尽，一块美玉终落泥淖，挣不脱轮回。

　　唐时帝王信奉道教，无论帝王将相，还是文人墨客，以及许多佳丽名媛，皆修法学道，一时间成了风尚。而唐朝的女道士更是当时一道亮丽风景。她们在道观里既可以静心修行，又可以自由地接待世俗中的风流雅士，与他们推杯问盏，吟诗作画，甚至花前月下谈情说爱，皆不受束缚。

唐时许多后妃公主、小姐名媛争相出家做女道士，她们以修行为名，在自己的道场安然自在，快意逍遥。据《唐才子传》记载，李季兰幼时"美姿容，神情萧散。专心翰墨，善弹琴，尤工格律"。

李季兰自幼被其父送入剡中玉真观出家，玉真观算是偏远清幽之地，适合道家修行。李季兰在这清雅之所潜心读经，作诗习字，抚琴识谱，长成一位亭亭玉立、淡雅出尘的清丽道姑。豆蔻芳华时，满目道经并不能约束她浪漫多情的心性，她如同许多闺中少女一样芳心萌动，向往繁华的世间。

玉真观隐蔽清净，景致怡人，自东晋以来，剡中文风鼎盛，故不时有风流雅士去观内游赏。风姿绰约、才貌双全的李季兰成了那些风流才子心中倾慕的女神。她本性情女子，暗怀春情，寂寥的修行时光让她不忍芳华虚度。且不管什么清规戒律，这位多情道姑遇上名流雅士，亦常秋波暗送，风情万种。

"人道海水深，不抵相思半。海水尚有涯，相思渺无畔。携琴上高楼，楼虚月华满。弹著相思曲，弦肠一时断。"一盏孤灯，难遣寂寥，携琴登楼，万千心事无人解。拨弄琴弦，调寄相思，研墨赋诗，皆是思情，只是这比海水还深的相思，寄于谁人？

她的相思到底为谁？后来方知道，在她芳心难耐，寂寞无涯时，有那么一位神清气朗、风度翩翩的隐士走进她的道观，撩动她的情肠。他叫朱放，隐居于此，素日以山水为乐，临流畅饮，豪放不羁。这样一位风流隐士，邂逅多情才女，自是郎情妾意，欢喜不尽。

此后，他们相约游山戏水，赋诗饮酒，或于玉真观对弈品茗，抚琴相诉，度过一段美好浪漫的岁月。道观再不是清修之所，李季兰凡心已动，那些经文以及观里枯寂的光阴，藏掩不住她的热情。奈何相思无涯，人生聚散有定，朱放奉召去往江西为官，将她重新搁置在观内，忍受煎熬。

那段时间，唯有托鱼雁倾诉相思之情，她知她的等待终是无期，他虽对之有情，却无须信守誓约。在她每日愁肠不解，为情所扰时，有那么一位清雅潇洒的青年才俊闯入她的禅房，抚慰她的忧伤寥落。

他叫陆羽，唐时一位与茶结缘的男子，一生嗜茶，精于茶道，被誉为茶神、茶圣，著有一部《茶经》闻名于世。陆羽本是孤儿，被智积禅师抚养长大，虽在庙中，却无意终日诵经打坐，更喜吟读诗书。

那年的陆羽寄居龙盖寺，饱读经书，研习茶道，得闻玉真观有位才情出众、气质若兰的女道士，便专程来访。他满腹经纶，她佳人绝代，他的到来，如一盏清茗，洗去她的愁肠，解了她的相思。

玉真观再次成了李季兰交朋结友之所，除了陆羽，她还与许多风流名士、朝廷官员往来，但为之倾心相待的，唯有陆羽。日静风闲，二人对坐清谈，取泉烹茶，赋诗作画，抚琴寄雅。她病时，陆羽为其煎药煮茗，殷勤相陪，他柔情相待，她自真心相许。

当时陆羽有一位好友，为僧者皎然。皎然虽为出家人，却善诗能文，喜画爱茶，与陆羽为至交。一段时日，三人经常聚会研经，围坐煮茶，诗词酬答。李季兰与陆羽自是心性交融，彼此有情，但她对皎然的闲定气韵，出众才华亦是仰慕，可皎然坐禅已久，心如止水，对其柔情素心不生涟漪。他曾作诗，表决心意。"天女来相试，将花欲染衣。禅心竟不起，还捧旧花归。"

李季兰依旧守着她的道观，一半清修，一半交际。如水光阴，慢慢流逝，她虽与陆羽情意相投，但始终不能如凡尘男女那般婚嫁相守。再者她习惯了观内自由的生活，不愿落入尘网，被世俗约束。陆羽亦有禅心，与茶相知，过不了凡间的烟火日子。他们一如往昔，相约清谈，琴茶作乐。

据说，喜文爱才、精通音律的唐玄宗听闻李季兰的才名，亦对其心生赏慕，下诏命其赴京都一见。那时的李季兰已年过四十，容颜清减，但诗心仍旧。接到皇上诏命，她为这突如其来的荣恩又惊又喜，惊的是自己美人迟暮，怕龙颜失望，喜则是半生浮云，却未承想得此机遇。

但李季兰并未见到唐玄宗，在她奔赴长安的路上，安史之乱爆发。长安一片战乱，唐玄宗自顾不暇，带着杨贵妃仓皇西逃。途经马嵬坡，他连三千宠爱在一身的贵妃都未能保住，又何来心情记得玉真观这位渺小的女道士？

　　有人说，她在战乱中不知所踪，也有人说她因诗而亡。自古
红颜薄命，她动了心魔，为情惑，又如何躲得过？我宁愿她此生
逍遥于玉真观中，忘记所有的相逢为何，一点凡心亦不被人说
破。只是那寂寞无涯的相思，该寄往何处，寄于何人？

菱花镜里，画眉深浅入时无

《近试上张水部》　朱庆馀

洞房昨夜停红烛，待晓堂前拜舅姑。

妆罢低声问夫婿，画眉深浅入时无？

　　梅庄的雨总是这样下得正是时候，在每一个悲伤的日子，每一个落寞的长夜，以及风起的清晨。人生原本就是一场戏梦，是我迟迟不肯醒转，不愿醒来，不能醒来。

　　雨中植物青翠，散发着草木独有的芬芳，茉莉的淡雅，兰草的馥郁，薄荷的清凉，一如初见的人生。万物鲜妍终有时，待浮花浪蕊过尽，所剩的只是几茎虬枝，几片绿叶。

世间多少无理的情缘就那样被消磨了，到最后，来到你身边的那个人，未必是合适的。珍惜当下所拥有的，放下必然失去的，是对缘分最好的尊重。

女子美好的容颜，当是由内而外散发出的优雅和气度。都说女为悦己者容，只是倘若遇不见那个令你倾心的人，亦当爱珍贵的自己。一个洁净的女子，需轻妆淡抹，略施粉黛，素雅清丽，又不失妩媚风流。

女子的眉眼，最得神韵。画眉自先秦时已有，汉魏六朝时期，以黛画眉已成风尚。汉代刘熙所著《释名》中说："黛，代也，灭眉毛去之，以此画代其处也。"画眉文笔，式样繁多，有鸳鸯眉、小山眉、五岳眉、三峰眉、垂珠眉、月梭眉、分梢眉、涵烟眉、拂云眉等。

初读宋人欧阳修之句："走来窗下笑相扶。爱道画眉深浅，入时无。"瞬间触动了内心深处的柔软，万般情深，浮现眼前。后再读唐人朱庆馀之句："妆罢低声问夫婿，画眉深浅入时无？"更觉温软多情，不甚娇羞。

菱花镜前，红颜清好，立于她身后的是那玉树临风的翩翩郎君。她点黛轻描，似细柳弯月，秀丽天然，温婉可人。他细细端详，眼含秋波，深情相待，赞不绝口。这是一对新人，昨夜洞房花烛，不尽温柔缠绻，晨起梳妆，郎情妾意，你恩我爱。

旧时民间，男婚女嫁皆凭父母之命，媒妁之言，真心相爱、誓愿白头的，又有几多？但许多夫妻，虽无多少浓情蜜意，依旧在寻常日子里相敬如宾。她为他洗手做羹汤，红袖添香，他为她镜前描眉，窗下添衣。也许，平淡的爱情恰是这样简单的相依，不生死与共，却同修同住，甘苦相随。

那时年华正好，心意如夏日初开的那朵莲，不染纤尘。愿寻得一个清澈温和的男子，我做他宛若梅花的妻，为之平凡生养，日子美好平稳。无须他盟誓，只需一生为我画眉。种种念想，如那秋风恨水，一去不复回返。而今，青春尽失，拥有的只是几段残缺的回忆，以及只有在梦里才能偶尔遇见的温柔。

人生有悔恨，有遗憾，有填不满的空虚，有弥补不了的伤害。我曾说，至美的爱情当如玉石，温润坚定，一生不改其质，不失其情。很幸运，我得到过想要的那种感觉，亦受过千恩万宠。很不幸，所有的恩情被匆匆的光阴湮没，而结局亦被修改，一梦沧海，我们都有回不去的曾经。

后来才知道，朱庆馀写的这首《近试上张水部》是在应进士科举前所作的呈献给张籍的行卷诗。他以新妇自比，新郎比张籍，又以公婆比主考官，借此征求张籍的意见。唐时应进士科举的士子，有向名人行卷的风气。朱庆馀此诗投赠的对象便是官水部郎中张籍。

据说，朱庆馀所投赠的诗得到了张籍明确的肯定，特酬诗以赠，"越女新妆出镜心，自知明艳更沉吟。齐纨未足时人贵，一曲菱歌敌万金"。张籍以采菱姑娘比喻朱庆馀，赞其容颜娇美，歌喉清亮，定会受人喜爱，故暗示他不必为考试忧心。

无论朱庆馀之后是否高中，人生遇此伯乐，当是足矣。古往今来，多少雅士、风流才子不遇明主，无人赏识，潦倒终生。士为知己者死，世间许多缘分，刻骨惊心，胜过男欢女爱。他真诚赠诗，知心相待，此番情意，好似那多情郎君，为其所爱的女子镜前描眉，深情款款。

他则像那新妇，昨夜红烛高照，次日清晨要拜见翁姑。故早起梳妆，好去堂前行礼，点黛画眉，又不知深浅，不禁低声细问：画眉深浅入时无？这一声低问，内敛娇羞，动人心肠。正是这一声低问，将新妇婉转的内心刻画入微。诗人将能否顺利踏上仕途的忧心与新妇初见翁姑之情态相喻，巧妙新颖，耐人寻味。

朱庆馀的诗清新细致，描写精巧，颇具风味。宋人刘克庄在《后村诗话后集》中评点道："张洎序项斯诗云：'元和中，张水部为律格，字清意远，惟朱庆馀一人亲受其旨。沿流而下，则有任藩、陈标、章孝标、司空图等，咸及门焉。'"

而张籍的酬答又是那般妙趣天然，可谓珠联璧合，成为千古佳谈。无论是盛世还是乱世，都不缺才人高士，漫漫人生，能与之投缘的人，少之又少。你用尽所有的时光，去争名夺利，然成败得失，只在一瞬。

尘缘亦是如此，多少才子佳人，曾经誓同生死，相约白首，后来转身相负，误人伤己。像孟光、梁鸿这样举案齐眉，平淡静守的，唯百姓人家可见。书卷里、戏文中的美好爱情，多为悲剧，不得圆满。也是，人生素净为大美，情爱也该如佳人新描的眉，浓淡相宜，不暖不凉。

人不如故，糟糠不可轻弃。女子资丽佳颜，就那么短短十余载光阴，纵有倾城之色，终会黯淡老去。而情如窖酿，值得深藏，时间愈久，味愈醇厚，经久耐品。但有时，放手是一种成全，依顺命运，是为了解脱灵魂，宽容别人，亦是善待自己。

若说，何谓幸运，就是此生爱上一个等候已久的人，并且彻底拥有彼此，不离不弃。愿意一生为他妆饰，直到暮颜白发，仍低语相问：画眉深浅入时无？

还君明珠，恨不相逢未嫁时

《节妇吟》 张籍

君知妾有夫，赠妾双明珠。

感君缠绵意，系在红罗襦。

妾家高楼连苑起，良人执戟明光里。

知君用心如日月，事夫誓拟同生死。

还君明珠双泪垂，恨不相逢未嫁时。

李商隐有诗："此情可待成追忆，只是当时已惘然。"以往读之，总有深深的怅惘，年少时有多少漫不经心的错过，留待以后无尽的追忆。如今再读，竟已释然，往昔之情，或流逝，或擦肩，皆已是过去。就算换一次重来，依旧会有难以捡拾的遗憾，不可平复的心情。

后来民国才女张爱玲写过："我以为爱情可以填满人生的遗憾，然而，制造更多遗憾的，却偏偏是爱情。阴晴圆缺，在一段爱情中不断重演。换一个人，都不会天色常蓝。"既是注定的遗憾，又何必彷徨在过去的路径，做着无用的反思和追悔。

人和人相逢，人与物相通，皆需机缘。有些来得太早，有些来得太迟，在恰好的时间里，遇见合适的人，是多幸运！人世许多相识相知，虽有缘，却无分。就像一场美丽的花事，尚未好好绽放，便已匆匆落幕。世间最无理，最空幻的是情缘，最不可抗拒，难以放下的还是情缘。

有人说，美好的爱情只要遇见，永远不会太迟。也许红尘太累，无须更多约束，自可随性洒逸，爱想爱之人，做想做之事。至于是缘是劫，又或是遭遇怎样的因果，应该无惧亦无悔。但人活着终有使命，有责任，有太多割舍不下的包袱和执念。你今日的抉择便可预见明天的结局，对与错皆自己承担。

如果说，错过是一种美丽，那么放下也是一种慈悲。但所有的际遇都有一个繁复的过程，有一天当你遇见久未谋面的故人，或者前所未有的感动，要做到不怨不伤，拒之无悔，当是不易。每个人的内心都长着一棵树，其间的花开花谢，唯有缘有情人可见。

年少时也曾邂逅过美丽懵懂的情感，于唐诗里读到："还君明珠双泪垂，恨不相逢未嫁时。"多么随意又深刻的两句诗，却不知所吟之人内心已是百转千回。一切只因相逢太迟，太迟。然而每个人终其一生，都在邂逅不同的缘分，看似无意，却始终在追寻那个合适的人。

当有一天遇见那个魂牵梦萦，欢喜不尽的人，你甚至想要擦去过往所有的故事，不留痕迹。只愿回到最初清白的自己，与之在红尘陌上相爱相守。忘记曾许过的海誓山盟，忘记朝暮相处时的一颦一笑，忘记你曾是别人的夫，别人的妻。而有一天你又会为某段相逢而情难自已，受之有愧，拒之不忍。

后来才知道，"恨不相逢未嫁时"是唐人张籍一首自创的乐府诗，题为《节妇吟寄东平李司空师道》。诗的表意是描写一位闺中妇人拒绝一个多情男子的追求，虽有心动感思，但最后仍安守妇道，忠于盟约，忠于丈夫。实际上此诗暗喻了诗人忠于朝廷，不被藩镇高官李师道拉拢、收买的决心。

词浅意深，似淡又浓，将其内心委婉情思、轻轻惆怅细腻又曲折地表达出来。若为人妇，她自是冰清贞洁，对多情男子的爱慕之情心有感动，甚至忍不住将其赠予的明珠系在红罗裙上。但转而又说"妾家高楼连苑起，良人执戟明光里"，他们夫妇亦属富贵之家，其良人更是执戟明光殿的卫士。

尽管，她知他深情厚谊，明如日月，却仍旧心比金坚，与丈夫誓同生死。虽如此，她却不忍过于冷漠，拒人于千里之外，而是含泪情深地还君明珠，再怅叹一声，恨不相逢未嫁时。只是，她既与丈夫生死相许，可见其夫妻恩爱情浓，又怎会轻易受外界侵扰，而动摇芳心？

想来，她心中对多情男子亦是有心，不然何以收下明珠，系在红罗裙上。百思过后，方归还明珠，谢绝情意，信守妇道。但她柔肠婉转，淡然遗憾，遮掩不住其内心深处对爱情的渴望。但她终究守住初心，抗拒他无理的表白，不曾做出后悔莫及之事。倘若她听信自己的情感，难耐寂寞，那深阁之中或许又会生出莫名的事端，不可挽回的错误。

若真相逢在未嫁之时，彼此相伴相惜，也未必就是良缘。若与夫朝暮相守，镜前偎依，又何来有恨？她收下明珠，既是不忍将之伤害，也是心有感动。她还君明珠，则是心存愧疚，斩断情缘。人世有太多的礼教禁忌，又怎可轻易跨越背叛？纵算有悔意，有不定，亦不可糊涂，误人伤己。

汉代有诗《陌上桑》："使君自有妇，罗敷自有夫。"《陌上桑》妙在直白，此诗妙在婉转，余韵缭绕。诗人用含蓄的词句，既描述节妇的忠心，又表达其坚定的政治立场。李师道是当时藩镇之一的淄青节度使，张籍不想得罪于他，故写下这首巧妙的乐府诗，婉言回拒。

《围炉诗话》评点："张籍辞李师道辟命诗，若无'感君缠绵意，系在红罗襦'二语，即径直无情。朱子讥之，是讲道理，非说诗也。"君子坦荡，不依附，不媚俗，对高官厚禄可视作烟云。后来，因他诗作情真意切，李师道亦深受感动，故消除念想，不再强求。

世间男女两情相悦，如明月清风，千般欢喜，万般自在。若有情人皆可成眷属，不错过，不辜负，又何须牵愁惹恨，悱恻哀婉？彼此长相厮守，一个在堂前吃酒，一个于厨下煮茶；一个伏案书写，一个镜前描眉。彼此交付了所有的真心，又何来空落，需要别人去填满？

　　也许每个人心底都藏有一段或几段不可诉说的情缘。或勇敢，或懦弱，或得到，或失去，最后都输给了自己，输给了时光。我不轻易用情，却仍有悔恨，我的世界，是爱恨情怨，样样都有，千缠百绕，又可以随时放下。

　　过去许多年，有人来过又走了，好似晴天落白雨，干净彻底。也曾有过遗憾，有过伤痕，终不觉可惜，更不会沉陷，毁灭自己。若从前，我有过还君明珠双泪垂，恨不相逢未嫁时的委婉情肠，如今，则是陌上桑里的罗敷女，既无心意，也不肯用情。

　　当下，是无离愁，无别恨，不相遇，不相知。你有你的河山，我有我的江湖。

甚荒唐，为他人作嫁衣裳

《贫女》　秦韬玉

蓬门未识绮罗香，拟托良媒益自伤。

谁爱风流高格调，共怜时世俭梳妆。

敢将十指夸针巧，不把双眉斗画长。

苦恨年年压金线，为他人作嫁衣裳。

　　近来，总能看到一句话："哪有什么现世安稳，不过是有人在为你负重前行。"是的，每天都有人在某个喧闹角落为你负重前行，方有了当下的安稳，当下的宁静。只是，谁是那个清守安稳的人，谁又是那个负重前行的人呢？人生除了付出，莫非就是收获？你所付出的，未必会有等同的收获，但收获了，就必然有付出。

　　每个人来到凡尘，都有自身的使命，有宿债未了，前缘未消，好梦未圆。人本无贵贱之分，时间久了，便有了距离，有了区别，你在小墙深院里，他是千舟已过万重山。人生一世，抉择在于自己，有人小富即安，守着当下，不计荣辱得失。有人怀鸿鹄之志，有高过云天的抱负和梦想，他所经历的，必是山高水长，风云变幻。

　　人的出身不由自主，你或生于侯门高户，或是贫民之家，但此后的行途，则归于自己。你此刻的负重，也是为了将来的安逸，而你今日的淡然，是由过往奔忙所换取。有人孤高傲世，不落俗流，和明月清风做了一世知己。有人低落尘埃，在尘埃里开出花朵，笑看人世。

　　她是贫女，生于寻常村落，柴门陋户，自幼着素衣布裳，食粗茶淡饭，不沾绫罗锦缎，不见玉粒金莼。她纯洁朴实，天真烂漫，前院后屋栽种着山花野草，墙角一侧也有藤萝扎的秋千架。屋舍简陋，没有华贵的装饰，却也洁净无尘，一清二白。

　　"蓬门未识绮罗香，拟托良媒益自伤。"若无世事相扰，守着清贫岁序，也可淡然处之。但因贫穷，她早已是待嫁之年，却迟迟不见媒人前来说媒。想要抛开女儿家的羞怯矜持，托个好媒人，嫁个好夫婿，终难启齿。每念及此，内心莫名感伤，她不想攀附权贵，只盼着寻个良人，过朴实无华的日子。

"谁爱风流高格调，共怜时世俭梳妆。"她虽没有出身侯门绣户，却也生得清丽脱俗，姿态娴雅，品行高洁，心性纯净。然而，这个俗世重富贵轻贫贱，重家境不重品性，纵她面若秋月，妆容朴素，又有谁会怜惜一个贫女的容颜，赏识她的高尚情操？

虽无华服衬托，无珠玉装饰，但她着素裙，食落英，风流不减。她是贫女，却格调高雅，不落俗流。她自知良媒可托，只是佳偶终难觅。这偏僻的村落，多为凡夫俗子，有几人能懂她内心的美好？莫说是宋玉那般风流俊逸的美男，就连个知晓冷暖的村夫也难遇见。

"敢将十指夸针巧，不把双眉斗画长。"她敢于在人前夸赞自己有一双善绣的巧手，她绣的山，逶迤起伏，她绣的水，波光粼粼。她绣的并蒂常开，鸳鸯结伴，奈何她孤身无依，世无知音。她不涂抹胭脂，两叶弯眉无须描摹，自是纤细秀美，她不屑迎合俗流，与人争妍斗丽。

　　"苦恨年年压金线，为他人作嫁衣裳。"她虽心性淡然，却也有怨恨，年年岁岁缝制华服，日夜不息，却也只是为别人织作出嫁的衣裳。自己的亲事，自己的嫁衣，又有谁来准备？任她巧夺天工，貌美灵秀，好时光也只是蹉跎。

　　贫女在她简陋的绣楼里自伤自叹，自怜亦自傲，令人叹息。清人俞陛云指出："此篇语语皆贫女自伤，而实为贫士不遇者，写牢愁抑塞之怀。"也是，良媒不问的蓬门之女，不就是那些出身清贫、举荐无人的寒士吗？她的风流灵巧，高洁心性，亦是天下寒士孤高超脱的情怀。

　　"谁爱风流高格调"，"为他人作嫁衣裳"。多少文人高士，怀才不遇，奔走献策，终其一生困顿潦倒。他们内心醒透，不入世流，遭排挤冷落，纵入官场，多是屈居人下，难以施展平生志向。庸碌一生，也只是为他人作嫁衣。此诗是写给天下贫女，也是写给寒士，亦为作者的自喻。

　　无论是贫女，或是寒士，都有一颗朴素珍贵的心。世情冷暖，风尘渺渺，所谓的知音人，一半是自身求得，一半则是听信天命。有多少贫女，守着她的柴门，一生穿针引线，嫁个凡夫，年年岁岁将人间芳菲看尽。又有多少寒士，于小窗下，捧读诗书，虽不为世所赏，但胸藏万千锦绣，怡然自得。

当年李清照，可谓是如愿以偿，嫁与赵明诚，过了一段赌书泼茶的浪漫时光。但幸福并不久长，后金兵入据中原，赵明诚死，她流寓南方，境遇孤苦，再不见当年清雅调皮的词作。人生路上，她遭遇了太多变故，逃亡辗转，转嫁给一位不解风情的男人，终误此生。

与之齐名的才女朱淑真，自幼冰雪聪慧，博通经史，能文善画，精晓音律，尤工诗词。后听从父母之命，嫁与一个俗吏，志趣不合，婚后终日郁郁寡欢。"鸥鹭鸳鸯作一池，须知羽翼不相宜。东君不与花为主，何以休生连理枝。"

她轻抚弦音，他自是不解；她写诗填词，他亦不通。简短无趣的岁月里，她写下《断肠集》。与之做伴的，是庭园草木，是翰墨书香。内心的寥落与孤独，填之不尽，诸多不如意，令她郁闷而终。她非贫女，所嫁者不是心仪钦慕的良人，亦是奈何。

你今日的种种修行，将会是来日的福报。做自己所能做的事，爱自己所能爱的人，喝自己杯盏中的茶。纵是久居蓬门，不为人所知，年年压针线，为他人作嫁衣，又有何妨？俗世的绫罗绸缎，终抵不过诗风词韵，输给了柴米油盐。

这世间，有人为寻俭朴淡泊，远僻繁华，抛下富贵，做个凡夫贫女，男耕女织，安享简单的幸福。今时的我，该有了久在深山人不识的勇气，做一个优雅诗性的女子，和一个朴素简净的贫女，没有区别。

一切都并非静止，一切都可以改变，人生半梦半醒，半真半假，方可从容稳妥。你在为别人负重前行，别人亦在为你苦作嫁衣，人间多少流离悲伤，亦是一种庄严。千般风光，唯俭约至美，浩荡山河，贫者居安。

图书在版编目（CIP）数据

一卷大唐的风华 / 白落梅著. —— 长沙 : 湖南文艺
出版社, 2019.7
ISBN 978-7-5404-9222-9

Ⅰ.①—… Ⅱ.①白… Ⅲ.①唐诗—诗歌欣赏 Ⅳ.
①I207.227.42

中国版本图书馆CIP数据核字（2019）第080995号

上架建议：畅销书·文学

YI JUAN DATANG DE FENGHUA
一卷大唐的风华

作　　者：白落梅
出 版 人：曾赛丰
责任编辑：薛　健　刘诗哲
监　　制：于向勇　秦　青
策划编辑：刘　毅
文字编辑：王槐鑫
营销编辑：刘晓晨　刘　迪　初　晨
封面设计：末末美书
版式设计：李　洁
内文排版：麦莫瑞
出版发行：湖南文艺出版社
　　　　　（长沙市雨花区东二环一段508号　邮编：410014）
网　　址：www.hnwy.net
印　　刷：北京天宇万达印刷有限公司
经　　销：新华书店
开　　本：875mm×1270mm　1/32
字　　数：200千字
印　　张：9
版　　次：2019年7月第1版
印　　次：2019年7月第1次印刷
书　　号：ISBN 978-7-5404-9222-9
定　　价：58.00元

若有质量问题，请致电质量监督电话：010-59096394
团购电话：010-59320018